alister

le dernier des gentlemen

Mais, avant qu'il ne fût longtemps… Nous ne nous connaissons pas, mais elle rythme ma vie depuis bientôt un an. Depuis qu'elle essaie de prendre contact. Je sais qu'elle parle de moi. Qu'elle pose des questions. On la dirait haineuse à mon égard. Je me sais jalouse. S'il n'y avait la prudence, tout cela aurait sans doute fini dans un bain de sang. Rendez-vous était néanmoins pris dans une brasserie parisienne.

Il ne changerait donc jamais. Le faisait-il d'ailleurs sciemment pour se rappeler le bon temps ? Ou était-ce là le signe de la régularité pathologique dont il faisait preuve dans la volonté de me revoir ? Un passage au détecteur de mensonges n'y suffirait pas. Ni même une broyeuse de documents.

En attendant son arrivée, j'observe, intriguée, une femme installée à deux tables de moi. Son visage arachnéen est de ceux qui marquent l'imaginaire à l'instant même où on les découvre. Son parfum, associé à celui des cuisines, me parvient dans un mélange de fragrances mystérieuses, entre le camphre, le beurre fondu et la sauce au vin.

En tournant le regard vers la vitre qui donne sur le boulevard, j'en croise mille sosies. Me refaisant une hideur, je pose un miroir sur mes lèvres pour vérifier que je respire encore. L'arrière-monde épuise ses dernières excuses pour le mal fait.

Jamais je n'aurais cru cela possible. Si quelqu'un m'avait dit le contraire, j'aurais fait exactement l'inverse. Et pourtant… devoir parler à un tiers de ce père que je n'ai jamais connu. Alors que de ne parler que de moi aurait été la garantie de ne blesser personne.

Elle se présente, plutôt accorte. Quelques mots suffisent.

Le manuscrit est là, devant moi, enfin… Je lis.

« *Le Dernier des Gentlemen* ».

Quel con.

Je souris.

On ira en Inde

C'était dans la nuit de vendredi à dimanche. J'étais au lit, rêvant sans dormir, affublé d'un monocle posé en souvenir de ma débonnaire brillance. Les pages étaient éparpillées sur la table. Cette vie était interminable. « *Le prochain qui meurt, je le tue.* » Je jetai les clés, brûlai les preuves, mis ta photo sur ma poitrine, me menottai les chevilles et avalai une dose létale. Le ralentissement de mon cœur comme seul mobile. Je voulais juste rester digne.

Chapitre 1

En regardant des photos de proches

Six ans. Allant rejoindre ma sublime tante aux cheveux anthracite, aux yeux de souris et à l'odeur fardée. L'étrange concertiste de la famille, saoule de ses parfums qu'elle buvait à l'occasion en cachette. Intelligente au-delà de l'entendement. Qui m'a appris à toujours dire « peut-être », à la place de « non » et « qui sait ? » à la place de « oui ». Quand elle m'ouvrit la porte, je sautai dans ses bras secs (le courage physique des harpistes) avant de courir dans le grand appartement décavé parisien qu'elle habitait seule depuis que mon oncle s'en était allé avec une plus jeune. Concertiste, elle aussi. Je n'en pouvais plus de bonheur. Pris dans mon élan, et excité par l'idée d'aller rejoindre ma cousine Emma qui m'attendait dans la chambre du fond, sans doute en train d'énucléer l'une de ses nombreuses poupées, je ne pus me contrôler et fonçai dans la harpe patrimoniale, héritage ayant dû accueillir une bonne centaine de doigts, qui trônait au beau milieu du salon. Je me cognai sur le lourd bois (à l'évidence de l'érable) avant de m'écraser dans le fin jeu de cordes, en émettant un brouhaha indescriptible, emprisonné par l'euphonie et la dissonance, la tête ensanglantée, le cerveau sortant (selon les souvenirs reconstitués par ma tante, mais auxquels je n'ai jamais cru). Je m'évanouis. Emma ricana, évidemment, avec ses yeux dans les mains.

On me réveilla du coma quelques semaines plus tard. Mes parents se virent rassurés. Ma mère n'arrêtait pas de me dire : « Tu vas me tuer. » Alors que, de mon côté, j'attendais que mon père le fasse.

Ma grand-mère, en revanche, ne faisait que tolérer ma survie, pour des raisons qui la concernaient, mais qui avaient vraisemblablement à voir avec sa théorie des « enfants moches », qu'elle aimait tant développer post-prandialement, et qui voulait qu'un nouveau-né laid ait à construire des stratégies multiples pour attirer l'empathie de ses proches, comme l'humour ou la malignité, plutôt que de compter sur son physique. Elle me détestait, évidemment.

Dès mon réveil, je ressentis une hypersensibilité aux sons. Par exemple, la seringue fit un *do* en entrant dans cette veine. Le frottement de la blouse de l'infirmière fit un *la* quand celle-ci se redressa. Le stéthoscope que le docteur tripota fit un *mi* bémol. Je ne le savais pas encore, mais j'avais désormais l'oreille absolue, qualité demeurant l'un des plus grands mystères de l'humanité avec les tracés de Nazca et le bâillement réciproque. Existe-t-il, néanmoins, plus belle expression de la mémoire organique? Je vous le demande.

Ainsi s'inscrivait dans ce frêle corps, en plus de la disposition précoce de devenir un singe savant de fin de dîner, une capacité à appréhender le monde par le souvenir sonore parfait qu'il en avait. Perfection toute relative quand on sait qu'aucune théorie n'est susceptible d'expliquer ce que l'être humain ressent face à l'harmonie musicale.

Plus tard, quand ma grand-mère mourut, ces quelques mots qu'elle avait l'habitude de me dire traversèrent mon esprit : « Tu ne sauras rien. Absolument rien. » J'embrassai son visage (légèrement) avant que l'on ne referme le cercueil.

C'était la première fois que je voyais quelqu'un de mort. En la perdant, une vie commençait. Elle m'avait finalement appris ce qu'elle avait aussi transmis à ses enfants, une chose essentielle : l'indifférence. Je lui serai, dans la mesure du possible, fidèle.

Chapitre 2

De la maladie comme prolapse démocratique

Quinze ans. « Je ne peux pas payer, mais je peux vous expliquer. » Telle fut ma phrase quand je fus découvert en train de voler une bouteille de Rémy Martin dans un supermarché. Désormais adolescent, je commençais à boire et à regarder les filles dans les yeux. Je les attendais en bas de chez elles, sans prévenir. J'osais espérer qu'elles ne sortent jamais. Je guettais les surprises, mais les redoutais fondamentalement. Je traversais une période douloureuse où chaque rencontre amoureuse me rendait nostalgique d'une autre. Je ne savais pas alors que j'en aurai pour la vie qui, d'ores et déjà, me semblait par trop interminable.

Heureusement, la mort se présentait de nouveau à moi plus vite que prévu, quand une terrible épidémie s'abattit sur la France, le stercus. Due aux déjections humaines dans la rue, comportement que l'on n'avait plus observé depuis le XVIIe siècle, elle avait terrassé Paris, puis Berlin, puis Londres, puis le monde entier... Nos sociétés n'avaient alors plus les liens sociaux, les garde-fous sanitaires, l'organisation centralisée nécessaire pour affronter une épidémie non répertoriée. La mise à mal des systèmes de santé et le démembrement de la fonction publique n'y étaient pas pour rien. Le résultat fut redoutable. Cinquante millions de morts en quelques mois.

Une femme, au visage d'un ovale pourtant sympathique, criait au milieu de l'avenue :

– Il y a partout des rats à cause de la saleté. Les enfants jouent avec. Est-ce que vous trouvez ça normal que des enfants jouent avec des rats ?

– Non.

– Vous savez que le rat consomme un tiers de son poids en nourriture par jour ?

– Non plus.

Elle se voyait par-derrière, la vieille sycophante. Elle était complètement bourrée.

Jusqu'alors, c'était dans les toilettes publiques du port de Vannes que j'avais vu le plus gros étron de ma vie ; étron que j'avais imaginé être celui d'un marin adipeux tout droit sorti d'un roman de Stevenson. Mais ce n'était rien comparé à ce que je venais de découvrir à l'amorce d'un escalator de métro (station Gare d'Austerlitz, ligne 10), coincé et lentement lacéré par les striures des marches mécaniques. Un chef-d'œuvre d'installation fécaloïde.

En fut-ce la vision ou l'inhalation ? Je dus rester en quarantaine pendant six longs mois, cloué par une forme inconnue chronique et aiguë d'encéphalite (symptôme notoire du stercus). Parallèlement, les angoisses crépusculaires se multipliaient, me faisant monter les larmes tous les jours au moment où le soleil s'en retournait. Pendant cette période, je m'accoutumais à la morphine et apprenais, grâce à d'interminables discussions avec mon médecin, une femme prénommée Irma, la puissance de l'harmonie, au sens le plus général. Elle me racontait souvent cette histoire, quand je n'envisageais plus grand-chose de stimulant. Celle de la tribu Mbuti.

« *Les enfants de la tribu Mbuti, du nord-est du Zaïre, pratiquent un jeu qui fonde leur conscience sociale. Ils grimpent à un jeune arbre encore frêle jusqu'à ce qu'ils soient assez nombreux au sommet pour que leur poids le fasse ployer et qu'ils se retrouvent de nouveau près du sol. Le but du jeu étant que tous lâchent prise simultanément et tombent au sol ensemble. Si l'un d'eux reste suspendu trop longtemps, il sera projeté en l'air au moment où l'arbre se redressera. Une erreur qu'il ne rééditera pas s'il veut s'intégrer au groupe et, surtout, ne pas se faire mal.* »

Ainsi, chacun apprend à tenir son rôle dans une intelligence collective principalement motivée par la peur.

Irma décéda, malheureusement pour elle, des suites d'une infection cérébrale transmise par un patient. De mon côté, défiant le mal de façon insolente après qu'on m'eut annoncé 100 fois ma fin proche, et développant des capacités auditivo-cognitives uniques, je fis l'objet d'analyses poussées. À tel point que, les moyens sanitaires de la France étant anéantis, je fus transféré aux États-Unis pour aider la science à avancer.

New York était toujours cet éden arrogant. L'air conditionné y était toujours agréable. Les déambulateurs ne gênaient ainsi pas la digestion des promeneurs de chiens et les muqueuses fatiguées laissaient penser que la fonte des glaces n'était pas qu'une IDÉE.

Là-bas, on me jaugeait, on me tripotait, on me branchait, on me débranchait, on me rebranchait, on m'apprenait à me taire. C'était alors la grande mode des caissons de privation sensorielle : obscurité totale, aucun son, matériaux isophoniques... L'extérieur disparaissait. Au bout d'une heure, on n'y entendait que les vibrations de son corps. Tout ceci me préparant, d'après ce que je comprenais, à une carrière d'« oreille d'or » dans les sous-marins de l'US Navy. Heureusement, ma claustrophobie naturelle, mon désintérêt pour les allégories maritimes et mon allergie aux ambiances strictement masculines m'ont empêché d'embrasser cette vocation.

Je retenais néanmoins de ce séjour l'apprentissage, facile, du piano.

Intermède musical

Ah, le concerto pour harpe et orchestre en *fa* majeur de Jan Křtitel Krumpholtz !

De la musique dans la plus pure tradition du milieu du XVIIIe siècle, donnant toujours l'impression de bâiller à la cour de Louis XV à Versailles. Krumpholtz, compositeur et harpiste tchèque, réussit ici à défier Mozart sur son propre terrain (le *Concerto pour flûte et harpe en ut majeur KV 299/297c* de WAM était aussi remarquable, mais par trop prévisible).

Si le début semblait trop ronflant, rococo et puéril, la rapide introduction du thème du premier mouvement était un grand moment de magie humaine ; le tout durant plus de neuf minutes. Mais le second mouvement, l'*andante*, dépassait encore l'entendement, commençant immédiatement par un thème à la grâce livide, mortuaire, que Krumpholtz parvenait parfaitement à faire grandir, notamment à l'aide de légères accélérations laissant espérer une guérison, mais non… Le tout en quatre minutes. En revanche, le dernier mouvement était décevant par rapport à ce qui avait précédé, en deçà. Mais pourquoi pas ? Après tout, finir par une déception, n'était-ce pas un bon résumé de tout ceci ?

Comment avais-je découvert ce titre? Je ne m'en souvenais plus. Je me rappelle par contre qu'à la première audition, il m'avait semblé familier, comme si j'avais moi-même composé ces vingt minutes de brillance. Comme une oreille interne. Sans doute que ma tante le jouait régulièrement, je ne voyais que ça…

Chapitre 3

Du bon usage de la catachrèse en meute

« *L'idéal grec de la perfection était représenté par la* kalokagathia, *terme né de l'union de* "kalos" *(beau) et* "agathos" *(bon). Il a été observé que l'être* kalos *et* agathos *définissait peu ou prou ce qui allait devenir chez les Anglo-Saxons la notion aristocratique de* "gentleman", *un être digne, courageux, avec du style, de l'habileté et d'évidentes vertus sportives, militaires et morales.* »

Un an est passé. De retour à Paris.

« Un peu pédante, mais à moins de se faire opérer... » La phrase resta en suspens. Ses interlocuteurs n'en revenaient pas, alors qu'ils se faisaient asséner des coups qui les mèneraient au trépas. Mauvaise rencontre. Un nouveau gang faisait fureur en ville : le gang des Gentlemen. Son chef était, contre toute attente, une femme, atrabilaire il est vrai, mais chaussant quand même du 44. Sa méthode : injecter le stercus via une canne-seringue à pommeau d'argent, en laissant une carte de visite sur le corps de ses victimes, où l'on pouvait lire : « *Un gentleman n'a pas deux paroles, il ne sert pas deux maîtres, il satisfait à l'honneur en répandant son sang, comme le cerisier laisse tomber les fleurs.* » Les cibles ? Les « oligophrènes », selon ses propres termes… Un agglomérat subjectif dont elle détient jalousement les clés de cooptation, si l'on peut dire, étant la seule à pouvoir donner les instructions punitives, en désignant à son équipe les responsables. À cette époque, le gang recrutait.

Haine de soi ? Haine du monde ? Oisiveté (mère de tous les vices) ? Un énième jour de tergiversations, je me décidai enfin à me présenter à leur bureau où un secrétaire m'expliqua les démarches à faire pour être admis. Rendez-vous m'est donné deux semaines plus tard, pour une cérémonie très particulière. Dès que « Scylla » (c'est comme ça que certains, alors, la surnommaient pompeusement) arriva pour faire son discours, je sus que débutait une expérience unique :

– Qui tuera le Moldave de la place Maubert ? hurla-t-elle dans un *tantrum* redoutable face à une assemblée pétrifiée.

N'aimant pas les gens qui crient, je répondis à haute voix :

– Qu'est-ce qu'il vous a fait ?

– Approchez-vous, me dit-elle. M'inspecta. Et dit : Je n'irais pas voir un corail dans la mer… Est-ce que j'aimerais qu'un corail vienne chez moi ?

Je me tus, mais gardai les yeux dans les siens, renversants. Elle me rentra ses doigts dans les miens, d'yeux, et me demanda de répondre. Répondre à quoi ? Je cherchais… Je criai :

– Selon votre appétence au risque !

Elle enfonça encore plus ses doigts.

– Il n'y a pas de plus grand risque que celui de n'en prendre aucun.

Je surenchéris :

– Comme un vendeur de ramasse-miettes.

– Répétez.

Je répétai. Elle me relâcha.

– La cérémonie est finie, dehors.

La bonne cinquantaine d'*Incroyables* et *Merveilleuses*, qui se sont alors rassemblés pour entrer dans le gang en restaient cois.

– Vous, ne bougez pas, conclut-elle, en me désignant d'un index concupiscent.

Il suffit d'un connard dans le cockpit et c'est le bordel, comme disait mon père.

Certains la soupçonnaient de consommer de la mandragore, plante mystérieuse qui, par sa forme anthropomorphe, est considérée comme un symbole d'androgynie, ce qui semblait tout à fait crédible quand on observait son sens de l'élégance toute louise-brooksienne.

Elle m'enseigna le pouvoir du koan. Dans le bouddhisme zen, un koan est une énigme absurde (« Quel était votre visage avant que vous ne soyez né ? » par exemple). Pendant des heures, elle me mit au défi de répondre à n'importe lequel de ces dédales mentaux. J'en sortis épuisé, affaibli et, pour tout dire, las. Las comme ce *la* répétitif qui se créait lorsque ses ongles, qu'elle avait imposants, tapotaient de lassitude face à mes incapacités à répondre rapidement à ses exercices. Note que je lui signalai, d'ailleurs, pour l'épater. « Vous avez l'oreille absolue ? » s'étonna-t-elle, me permettant ainsi de découvrir des traits de son visage jusqu'alors inconnus, qui trahissent, derrière le masque marmoréen, une humanité désarmante. C'était un fait chimique : l'acide ne stagne jamais.

Concomitamment, les descentes de Gentlemen étaient plus stimulantes les unes que les autres. Sous les ordres de cet esprit cramé, tout devenait aphrodisiaque. Tuer des gens, sans sommation, mais à petit feu, en empoisonnant leur cerveau, suprême plaisir... Ces râles de pneus crevés. Notre bande de muscadins poursuivait ses déambulations, privée de Dieu, souffrant d'un mal étrange, cherchant le *schwarz* à tous les coins de rue.

Finalement, sur la grande table jonchée de cafards prisonniers du caramel, comme agrégé, un derviche automate dansait au rythme du cliquetis de ses talismans, offrant ainsi un fond sonore agréable à l'invitation que m'a faite Scylla de déguster l'un de ses liquoreux juleps qui s'adressait autant aux papilles qu'au cerveau reptilien. Ça serait le premier et dernier rendez-vous intime entre nous, non professionnel pourrait-on dire, même si elle ne pouvait s'empêcher de jouer avec moi :

– Vous savez ce que mangent les girafes ? me demanda-t-elle.

– Non, répondis-je prudemment, en m'essuyant la bouche avec un keffieh traînant sur le divan. Et en me protégeant la jugulaire.

C'était alors une *fatiguée* de la plus belle espèce. Je me surprenais à la redéfinir, poussé par un désir sans sexe. Avec ces yeux qui paraissaient n'avoir jamais pleuré et ce rire coupant comme un jeu d'échecs en cristal. Elle m'offrit, pour finir cette agape introductive, un thé déculpabilisant. Et commença un laïus qui semblait longuement mûri, au point qu'elle donnait parfois l'impression de réciter.

Se disant « travaillée par le doute », elle m'annonça qu'elle avait décidé de dissoudre le gang des Gentlemen. Pour ma part, après dix-huit mois de service, et pour récompenser mon implication et mon culot, elle faisait donc de moi « le dernier des Gentlemen ». « Et en quoi cela m'oblige ? » lui rétorquai-je. Elle me tendit une espèce d'in-folio jauni, voire orangé : « Cette partition ne va nulle part, mais elle va loin », me dit-elle. Elle m'embrassa le front, me caressa les cheveux comme une mère sûre de ses sentiments le ferait, puis disparut de ma vie.

Chapitre 4

De l'impossibilité d'une treizième note ou du pessimisme annoté

« Il existe une insuffisance dans la plupart des théories de la dissonance. D'innombrables thèses sont prêtes à nous dire l'originalité de l'inconfort que nous procure l'écoute d'une dissonance, mais nulle n'a jamais tenté de nous révéler l'origine du plaisir que nous ressentons à entendre de l'harmonie. De fait, aussi ridicule que cela puisse paraître, cette dernière reste toujours l'un des mystères de la musique. »

Je posai ce traité d'harmonie qui accompagnait désormais mon perfectionnement musical. Seul domaine dans lequel j'arrivais encore à percevoir l'âme humaine.

Devant mon piano, je repensais à toute mon existence, de cette harpe familiale (*ex post*, j'y entends un *sol* fracassé) à cette partition étrange laissée en legs, non signée, non datée, et que je n'avais pas déchiffrée, mais dont je pressentais les bienfaits. Moi qui fantasmais, depuis longtemps, sur la «mélodie parfaite» : analgésique, altruiste et heureuse. Pourquoi personne ne s'était-il jamais attelé à trouver cette formule ? Que l'être humain est lent. C'est rageant.

J'avais moi-même longuement cherché à aller à un endroit de mon cerveau que je ne faisais que deviner, et que l'apprentissage et l'éducation ne me permettaient pas vraiment de localiser. Car, j'en suis désormais certain, le vrai créateur, celui qui transgresse, a découvert une façon non orthodoxe d'utiliser ses neurotransmetteurs.

J'étendis la partition sur mon piano, comme si je m'apprêtais à décrypter un code. Se glissèrent alors sur les touches ces doigts moites, ensuqués, expulsant le cognac de la veille et donnant naissance à une mélodie singulière (cet adjectif pourtant très neutre exprime ici exactement ce que je veux dire).

Je ne développerai pas sur le détail de cette partition, des notes et autres accents que j'y trouvais, pour plusieurs raisons. Premièrement, tel un magicien, je ne dévoile jamais mes trucs. Deuxièmement, parce que, fort de mon don auditif, je la brûlais immédiatement (comme indiqué sur le document). Il faudra, dès lors, être dans mon cerveau pour la retrouver. Ce que je peux néanmoins en dire, c'est qu'aussitôt après l'avoir exécutée, je me sentis en effet dans un état de béatitude d'autant plus paradoxal que la musique jouée était pour le moins disgracieuse.

« *Certains intervalles musicaux étaient dissonants pour l'oreille des Anciens qui les jugeaient désagréables, et l'exemple classique de laideur musicale a été, pendant des siècles, l'intervalle de quarte augmentée, ou excédent, comme* do-fa *dièse. Le Moyen Âge était tellement dérangé par cette discordance qu'il la nommait* "diabolus in musica." »

Je reposai le traité.

Précisant les effets de la mélodie, après répétitions : peu de sensations de surpuissance ou de torsions de la réalité dues à son écoute ; plutôt celle d'une clarté jugulée qui, sans anesthésier complètement le bénéficiaire – et c'était là le tour de force –, permettait de réguler facilement la PEUR, cette meilleure amie de l'homme, en stimulant positivement les circuits affectifs, intellectuels et en jouant aussi un rôle d'antioxydant.

Ils pourraient chercher longtemps. Le secret était dans sa difforme simplicité. J'avais immédiatement la conviction qu'en plus de me soigner, cette musique me permettrait de maîtriser les autres.

Je refermai définitivement le traité.

Chapitre 5

De l'ultrason canin comme psaume

Je respirais avec pondération, tout en écoutant le bruit du vent siffler entre des bâches translucides qui recouvraient l'une des tombes du cimetière que je visitais, sans que je comprenne vraiment les raisons de leur présence. Je déambulais parmi les sépultures en essayant de déchiffrer les prénoms, noms et dates ; aucune d'entre elles ne satisfaisait pourtant mon dessein du jour : me recueillir sur celle de ma grand-mère. D'autres sifflements se firent entendre, plus familiers ceux-là. Des morts étaient-ils en train de communiquer entre eux ? Ou bien sifflaient-ils comme le font ceux qui s'ennuient ? Pouvait-on, d'ailleurs, s'ennuyer dans un cercueil ?

Certes, de son vivant, à moins d'être Proust, on ne faisait rien de bien, couché. Et seul. À part lire, peut-être. La position assise était plus propice à la création et au labeur, mais désespérement banale. J'avais toujours favorisé la position debout, y compris pour le piano. Pour écrire aussi. Même lire debout possédait un charme patricien. Cela venait-il d'une irrigation particulière du cerveau ? L'idée de me faire enterrer dans cette position, comme Chateaubriand (légende urbaine), m'effleura quelques secondes avant d'en être distrait par une rencontre. Un nouveau code à retenir.

Dans la cour de l'église qu'il fallait traverser pour se rendre audit cimetière, je m'étais approché de lui et, voulant le caresser, l'avais vu immédiatement disparaître dans une fumée âcre à la forte odeur de cadavre. J'étais revenu le lendemain, non plus alors pour chercher ma grand-mère, mais par curiosité, et avais retenté ma chance en obtenant le même résultat. À quel ultrason émanant de ma personne pouvait-il être si sensible, voire allergique ? Ce n'est que le troisième jour que je pus enfin toucher le pelage du chien soyeux comme une gorgée de Courvoisier l'est à la langue. Je le fis si longuement qu'à cet instant, il m'entraîna dans son sillage sans que je m'en aperçoive, comme poussé par une force centrifuge. Incisive. Le cognac rend fou. Croyez-moi. Mais n'est-ce pas ce qui le rend drôle ?

L'église était vide. Les griffes du chien frottaient le sol dans un grincement crispant, mibémolien, augmenté par la réverbération de l'endroit. Il m'emmenait doctement vers une pièce retirée du centre, à tel point que je faillis glisser sur un ex-voto gondolé par l'humidité du lieu. Il poussa une porte de son museau et gratta le sol qui n'était désormais plus que poussière, en dessinant une forme que je devinai être un œil. Un bruit métallique me fit tourner le dos. Une femme m'attendait dans une semi-obscurité, entourée de cierges et brandissant une alfange. J'arrivais à discerner un appareil auditif dans son oreille gauche et une dent en or trônant au milieu de sa bouche valétudinaire. Elle me pria de m'agenouiller et de me signer.

– Qu'as-tu fait de si beau ? me demanda-t-elle, tout en faisant glisser la lame de son arme sur ma nuque.

Je lui répondis naïvement, mais poussé par une prescience immédiate que c'était la vérité qui m'était réclamée, que je possédais une musique qui pourrait changer, plus ou moins, le destin de l'homme.

– Joue-la-moi.

Elle me désigna l'orgue du lieu. Je me résolus, quelque peu terrifié, à lui jouer la mélodie originelle sans chercher à la duper, comptant peut-être sur l'effet de ladite mélodie pour la ramener à de meilleurs sentiments. Je m'exécutais. Un silence de mercure s'ensuivit. Déchiré par un coup métallique sur le sol.

– Ce n'est pas à toi de le faire.

– À qui donc ?

– À ton chien.

– Mais ce n'est pas mon chien.

À cet instant, la bête me fonça dessus, crocs en avant, lèvres dégoulinantes et, tandis qu'elle s'apprêtait à m'arracher le visage, la femme la transperça de la pointe de son arme, laissant surgir un flot de sang, que j'évitais de justesse.

– Pourquoi avoir tué ce chien ?

– Qui t'a emmené ici ?

– Lui.

– Qui t'en sortira ?

– Moi.

– Le croyant est le miroir du croyant.

Son rire envahit la pièce. « Ha ha ha ! » *Do* dièse. *Fa*. *Mi*.

Du sang aqueux suinta alors du cou d'une statue en cire de la Vierge allongée dans un cercueil de verre, disposé juste en face de nous. Les os des pieds et des mains transperçaient la matière qui coulait, fondue, sur le linceul immaculé, formant une figure de huit.

Je sortis. La nuit était sèche, d'un noir insolent, traversée, ici et là, de striures safran comme faites par des stalactites. J'étais partagé. Impossible, depuis trois jours, de trouver la tombe de ma grand-mère.

On pouvait parler de déception.

Chapitre 6

Notes sur l'amour et l'accouplement en sables mouvants

« J'étais dans mon bain quand tu as appelé. »

Elle avait su trouver les mots. Elle décelait. Elle bouleversait. Elle était unique. Elle était plantée là, aux abords de la piste, presque inerte, offerte. J'avais immédiatement compris que j'avais en face de moi un être à part. L'élégance de son allure, déjà. Elle se tenait droite, comme inamovible, mais avec une souplesse infime qui lui donnait une nonchalance aphrodisiaque. Elle s'appelait Éléonore. Je n'avais jamais rencontré d'Éléonore inconséquente. Je n'avais d'ailleurs jamais rencontré d'Éléonore, tout court.

La teneur exacte de mes propos de présentations demeure floue ainsi que le reste de notre échange. Je m'avance peu en me rappelant que cela ne dura pas plus de cinq minutes, juste le temps de savoir quelles étaient nos activités respectives et quelles étaient les chances que nous avions de nous revoir rapidement. Elle a souri, je le jure. Et a ajouté : « Je suis sûre qu'on se reverra », avec l'optimisme de son âge, qui paraissait être celui où l'on compte encore les fois où l'on a fait l'amour.

Les attraits de la cohabitation physique ne m'avaient jusqu'alors jamais semblé constituer une priorité absolue. Je savais seulement qu'il faudrait être patient. Ce n'était ni une péronnelle ni Marie Curie. Il n'y a rien de pire qu'un bon début, disait l'adage. Très vite nous voulûmes voir comment nous pleurions. Et nous réussîmes.

En précisant, néanmoins : jamais, dans cette période, je n'utilisais la mélodie pour la séduire. J'en avais fait une question d'honneur.

Elle m'envoyait des messages délicieux, dont la candeur me réjouissait imperturbablement : « J'ai rêvé de toi. Nous étions dans un petit port aux couleurs pastel. » Moi ? Dans un petit port aux couleurs pastel ? Qu'est-ce que je serais allé faire dans un petit port aux couleurs pastel ? À part léguer mon corps à la science ? Qu'avait-elle vu en moi que je ne connaisse pas moi-même à ce point ? En excusant la banalité de penser que nous imaginons toujours dans l'être aimé ce que nous voudrions être. Inutilement, la plupart du temps.

Finalement, le temps passait, je la voyais si loin que je ne la voyais plus. Mes activités liées à la partition se développaient, comme le pouvoir et la reconnaissance qui l'accompagnaient, et je passais alors beaucoup plus de temps à me séduire moi-même qu'à faire attention à elle. Notre romance finit, de manière assez prévisible, obcordée. J'eus ainsi l'égoïsme des grands laborieux et l'assurance des grands solitaires. Je m'aveuglais tellement d'amour que je ne l'ai pas vue fuir. C'est pourtant bel et bien ce qui me fut annoncé en cette fin de soirée de décembre quand, sortant d'un restaurant, elle me déclara qu'elle avait « tourné la page ». Mon « Je ne savais pas que tu savais lire » ne fit, malheureusement, rire personne. Nous n'avions jamais vraiment fait l'amour ensemble.

Les jours et les mois se succédèrent pareils à des maladies chroniques. Il y eut, comme souvent, une latence entre l'impact et la douleur. Je serrais les dents jusqu'à me les déchausser. Jusqu'à les cracher. Je n'essayais même pas d'utiliser les vertus de la mélodie pour la conserver, la rattraper. J'avais parfois de ses nouvelles. Elle avait rencontré quelqu'un d'autre, m'avait-elle délicatement annoncé, qui était « tout ce qu'elle aime ». Plus tard, elle précisa sa pensée une fois pour toutes, qui, même si nous n'étions pas le 31 décembre, ressemblait fort à une bonne résolution :

« *Afin de ne plus sentir ce vague malaise qui n'a pas lieu d'être, je voulais te dire que, quoi que j'aie pu te dire auparavant, je ne suis pas dans une séduction réelle à ton égard. J'entends par là que même si je l'emploie à tort parfois avec toi, cette séduction est simplement et bêtement la seule façon que j'ai trouvée dans la vie pour ne pas être totalement tétanisée devant TOUS les hommes que je pouvais rencontrer. Je peux comprendre que cela puisse te gêner et je tâcherai de l'éviter, mais, bien que je te trouve mille qualités et que je ne m'en cache pas (d'où mon élan enthousiaste lorsque je te vois), je t'assure que je n'entretiens aucun désir réel à ton égard. Pour la simple et bonne raison que je n'en sens AUCUN de ta part. Et j'ai, malgré mes nombreux défauts et un romantisme certain, la saine réaction de ne pas m'amouracher ni surtout de désirer les hommes à qui je ne plais pas. C'est instinctif. J'aurais aimé te le dire aussi librement de visu, mais, que tu le comprennes ou non, tu m'impressionnes un peu, j'en perds mes moyens. Une certaine admiration intellectuelle, sans doute, doublée d'un léger complexe d'infériorité. J'espère que ces quelques mots laisseront place à une atmosphère plus détendue si l'on se croise… Mais j'en arrive à me dire que ces petits malentendus montrent simplement que nous ne sommes peut-être pas destinés à être proches, même amicalement. Bonne journée, je t'embrasse.* »

J'appréciais ce « *Bonne journée* » trivialement cruel, qui renforçait encore mes sentiments rétrospectifs, désormais, pour elle. Cette foi punique était quand même insoutenable.

Il fallait dès lors se relever, persister, se reconstruire à force d'amnésie et de haine de l'autre. Ce que je faisais. Mais quelque chose s'était dissous. Une jeunesse. C'était l'heure des regrets. Des lendemains émétiques. De l'ivrogne agenouillé devant des tuyauteries rouillées. Si j'avais été incapable d'exprimer mes sentiments, alors que je connaissais la vérité, que me restait-il ?

L'amour fonctionne d'ailleurs un peu comme l'harmonie musicale, en rendant agréable ou intéressante une combinaison de notes a priori étrangères les unes aux autres, ou plus précisément, dont la combinaison sur le papier n'est pas donnée, acquise, et qui nécessite un effort, un goût pour la rendre effective.

Parallèlement, ma musique ne m'apaisait plus, ou presque. Je m'étais mithridatisé à la partition. Ce qui n'arrangeait guère mes affaires, car j'avais besoin de forces mises à mal par un sommeil perturbé.

Ainsi, toutes les nuits, j'entendais distinctement, au-dessus de mon appartement, des notes de harpe. Le phénomène dura une dizaine de jours, jusqu'à ce que, exaspéré, mais aussi intrigué par ce drôle de hasard que réserve parfois l'existence aux curieux, je me résolus à monter pour taper à la porte du logement dont il me semblait qu'émanaient ces sons. Une forte odeur de cigarettes mouillées s'en dégageait. Personne n'ouvrit, mais une voix hurla derrière. Je sursautai. Les notes de harpe repartirent de plus belle, couvertes par une étrange récitation : « Vous faites la même tête que la première fois où vous avez éjaculé. »

Une sirène d'ambulance résonnait au loin, mais ce n'était pas pour moi. J'étais pris de soudaines fièvres. Des fièvres dont la chaleur m'empêchait de raisonner et la froideur de me répandre. La démence fronto-temporale me guettait. Il fallait me reprendre. Mais pourquoi ?

Chapitre 7

De l'agape familiale comme source du désordre

– Comment vas-tu, Maman ?

La discussion commençait comme une sortie de sommeil paradoxal.

– Tout va bien, mon cher. Je profite du redoux. De plus en plus sensible à la météo. Il faut bien que vieillesse se passe. Comment c'était, le cimetière ?

– Rien à signaler. Tout le monde était mort.

D'un geste liquide du bras, elle exprima l'invitation (ou la satisfaction de ma présence). Je suis né, vous l'aurez compris, dans une famille où l'on ne dit pas : « Tu peux sortir les poubelles », mais « Si tu veux, tu peux sortir les poubelles. »

« J'avais ma capsule, en effet… »

Elle avait maigri de façon inquiétante. On aurait dit une autopsie. Le couvert était mis. Dans des effluves de cannelle et de pomme, on s'affairait apparemment en cuisine pour préparer cette tarte tant appréciée, qui sera, je le comprendrai vite, notre seul repas.

– Les Français n'aiment pas la cannelle, c'est dommage. Du coup, on n'en trouve jamais ici.

– Et l'omelette ?

– Si tu sais faire une omelette, tu sais faire une blanquette de veau. C'est ta grand-mère qui m'a appris ça.

Le bruit étrangement sourd des ustensiles sur la vaisselle vide était aussi agréable que celui d'une tête fracassant la faïence d'un lavabo. Tout semblait, une fois de plus, en *bémol* (qui signifie « *si* mou » en latin).

– Tu veux que je te fasse écouter ma musique ?

– Non. C'est quand la musique s'arrête que les enfants finissent par s'endormir.

– Imaginais-tu que je devienne musicien quand je suis né ?

– Musicien ? Enfin… C'est autre chose, la musique. Tu avais un beau tonus axial. En tout cas, c'est ce qu'avait dit la dame de la clinique. Elle était hongroise, je pense.

Elle avait la tête d'une Hongroise, en tout cas... Il devait être 12 h 45. Je ne comprenais rien à ce qu'elle disait. Ton père non plus, d'ailleurs. Comment va-t-il ?

– Ça va. Il vient de se faire un claquage au mollet.

– Il a toujours eu 175 ans.

Alors que mon ricanement atavique, certes discret, prenait une force inattendue dans cette immense pièce mal insonorisée, et aussi que je craignais qu'il ne parût moqueur à ma génitrice, mon regard effectua un 180 degrés sur l'endroit. Au bout de la table trônait une statue en cire en tous points identique à la maîtresse de cérémonie. Du bout de son calcanéum jusqu'à la capeline bordeaux maladroitement installée sur son crâne, c'était la même.

– Ton père écrivait de façon épouvantable. D'un point de vue graphique, hein ? Je ne comprenais rien à ses diverses notes, liste de courses ou lettres d'amour. Pire qu'un carabin. Moi, au moins, j'étais calligraphe. Une éducation américaine.

– D'ailleurs, tu sais que, après ta mort, j'ai retrouvé pas mal de choses que tu avais gardées, notamment des lettres que tu t'écrivais à toi-même.

– Je gardais tout. J'ai passé ma vie à relire et à revoir.

– De là à garder mon mobile.

– Il n'y a rien de plus cruel que de voir un enfant se lasser d'un jouet qu'il a adoré.

– Je n'ai même plus de trace vocale de toi.

– Je t'avais dit de m'enregistrer… La voix des gens, c'est ce qui manque le plus quand ils disparaissent.

Une domestique arriva alors avec une tarte aux pommes à la main. Maman feignit l'indifférence.

– Il faudra apporter une louche de crème fraîche, si possible.

– Madame… Vous savez qu'il y a des placards que je n'ouvre plus dans cette maison.

Elle lâcha le plat si abruptement sur la table qu'il se brisa, créant un agrégat intéressant : des miettes de porcelaine mêlées à celles de la tarte. Ma mère et moi, n'ayant même pas relevé l'écart de la servante, picorions, dès lors, entre les éclats et continuions notre conversation.

– Tu veux que je te fasse écouter ma musique ?

– Je te voyais globe-trotter. Ou homme politique. Ou avocat. Tu parlais très bien. Je pensais que tu savais.

– Je savais.

– Mais, mon cher, savoir et ne pas agir, ce n'est pas savoir, comme disait l'autre. Tu n'es qu'un touriste. Et un petit. Les grands habitent New York.

– Tu veux écouter ma musique ?

– Je n'ai pas besoin d'écouter ta musique. C'est moi qui l'ai écrite.

La soirée se poursuivit, rythmée par des histoires de cendres mangées et de temps de cuisson qui m'échappaient quelque peu.

– À l'époque, je m'habillais quand je savais que tu viendrais me visiter. Je faisais attention pour que tu ne te rendes pas compte d'à quel point j'étais déjà morte.

À cet instant précis, la statue de cire s'effondra, tête la première, dans son assiette.

– Pas la peine de me raccompagner à la porte, je connais le chemin.

– Je veux être sûre que tu partes.

Le jour se levait.

Interlude

La musique tirée de la partition connut immédiatement un succès insolent. National puis international. Un hymne international, enfin un vrai (rien à voir avec sa version de 1871, féminine : on parle ici de « L'Internationale » tatouée d'Eugène Pottier). Revenir sur les détails de cette ascension serait orgueilleux et, finalement, peu intéressant.

Ce que je peux dire, c'est que les gens reconnurent dans ces quelques notes une preuve tangible d'une certaine forme de béatitude. Partout où elle était jouée, cette musique apaisait, rassemblait, distrayait…

Le monde me paraissait alors une gigantesque pièce montée dont j'allais dévorer chaque morceau, lentement mais goulûment, quitte à finir, telle une mariée ivre, par tirer une balle dans le lustre avec un 44.

Il faut croire chaque ligne qui va suivre, car j'écris ici comme si j'étais enterré.

Chapitre 8

De l'art de prositer en inventant de nouvelles questions du Trivial Pursuit

La marraine moscovite, Alexandra Popietchka, qui avait une tête d'éléphant mélancolique et un strabisme appelant à la modestie, souhaitait me rencontrer pour discuter de l'organisation de son mariage. Son invitation expresse me permit de découvrir le barnum qu'était alors devenue la patrie de Pierre le Grand. Le style nouveau russe, avec ses piscines à débordements, ses chinchillas connectés, ses opposants empoisonnés, et ses poussières d'Anvers…

Une odeur de collagène se dégageait d'elle. Coiffe indéfinissable en martre zibeline sur la tête et vêtue d'une combinaison intégrale moulante en motif argyle, elle déambulait dans la pièce comme si elle en cherchait l'issue.

– On m'accuse d'acheter des juges... Et après? Au moins, je ne les vole pas... C'est déjà ça, me déclara-t-elle, suffisante, devançant des interrogations imaginaires que j'aurais pu lui opposer.

Sauf, que pour faire de l'esprit, il faut en avoir.

Saint-Pétersbourg s'étalait derrière la large vitre de son appartement. Au loin, on apercevait la cathédrale Saint-Isaac où se déroulerait donc la cérémonie. Après quelques instants de considérations sartoriales particulièrement inintéressantes, elle me précisa ce qu'elle espérait de moi :

– Une belle marche nuptiale. Il faudra envoûter le parterre. Mélanger à l'harmonie la plus pure la discordance la plus mystérieuse de votre célèbre composition. J'attends avec impatience votre nouvelle création pour cet évènement.

Elle avait fait construire son gigantesque triplex sur un mode panoptique, lui permettant ainsi d'observer au maximum l'espace autour d'elle. Un grand escalier à double révolution, orné de passementerie rouge en trompe-l'œil, autorisait la circulation dans les étages. Sur un mur apparaissait un pigeon hologrammique qui lui rappelait Paris.

– Je crois qu'il y a méprise, je ne me suis nullement engagé à créer quoi que ce…

Elle m'interrompit et m'invita à la suivre dans une pièce adjacente. Et me fit découvrir son cabinet de curiosités.

Tout d'abord, un *scrapbook* (spicilège en québécois) que tenait le colonel Mouammar Kadhafi et que l'on retrouva dans son bunker, après sa mort. Il y collait des photos et des articles de et sur Condoleezza Rice, la conseillère à la sécurité nationale US de 2001 à 2004 ; jouxtant, dans un bocal, un bout de chair :

– JFK, récupéré par un badaud sur la chaussée de Dallas et là, à côté, c'est l'un des nombreux godemichets d'Eva Braun.

Plus loin, plongé dans le formol, le sexe de Raspoutine aux dimensions cyclopéennes.

– Orpheline et célibataire, je n'ai sur terre aucun sentiment obligatoire. Je n'ai, par ailleurs, aucune mémoire sexuelle. Ce qui est un privilège de nos jours. Je ne m'attache à personne. Et certainement pas aux bons coups ni aux gros sexes. J'espère que ce n'est pas votre cas ?

Je lui mimai avec les yeux quelque chose évoquant l'inconnu.

Suspendu au plafond, un livre se balança soudainement autour de nous : *A Scientific Search for the Face of Jesus.* Je l'attrapai à la volée et le feuilletai rapidement, ponctuant ma lecture en diagonale par une moue quelque peu déçue. Elle répondit :

– Détrompez-vous, c'est le livre que lisait Elvis Presley quand on l'a retrouvé mort, le cul vissé sur la cuvette de ses chiottes. Quel con !

Le ton se relâcha sans sommation. Elle s'exprimait plutôt bien en français, mais il était toujours surprenant d'entendre un étranger jurer dans notre langue. Au fond de la pièce trônait une panthère empaillée, majestueuse dans sa menace :

– C'est la « panthère parfumée » de Dante, dont l'haleine, dit-on, mêle mille arômes. Souvenez-vous de ces mots de l'auteur : « *En entendant son rugissement, les autres animaux la suivent partout où elle va, attirés par tant de fragrante douceur.* »

Une photo sombre, tachetée de multiples orbes, laissait place à toute sorte d'interprétations.

– Des ovnis ? tentai-je, précédant l'interrogation.

– *Prosit* ! me renvoya-t-elle. Mais des ovnis proudhoniens ! C'est la première photo d'extraterrestre connue. Elle date de 1871. De la Commune de Paris sans laquelle, vous n'êtes pas sans le savoir, il n'y aurait jamais eu d'URSS.

Moins fasciné par ces analyses historiques que par sa callipygie, je restais prudemment derrière elle, pour qu'elle ne puisse pas lire la consternation dans mon regard.

– Depuis la même Commune, l'on pensait cette peinture de Delacroix, *La paix vient consoler les hommes et leur ramène l'abondance*, détruite durant l'incendie de l'Hôtel de Ville. Il n'en est rien : elle est ici.

Elle souleva un lourd rideau en velours bordeaux, et apparut une sous-sixtinerie rococo parfaitement dispensable. Bon débarras.

Grosse déception aussi pour une partition perdue de Mozart qui, bien que semblant tout à fait authentique, me surprit dès le premier coup d'œil par sa pauvreté. Mais je saluais en même temps le fait que le compositeur ne l'ait jamais rendue publique ; une certaine lucidité était également une forme de génie.

Ici encore, les larmes bataviques envoyées par Latude, l'éternel évadé du XVIIIe siècle, à la marquise de

Pompadour, pour lui faire croire à un complot contre elle. Une histoire française parmi les plus crapoteuses, mais bien de chez nous.

– Je vous les offre.

Je me méfiais. Comme à chaque fois que l'on me fait un cadeau intelligent et que j'ai l'impression que l'on me prend pour un con.

– Mais ça sert à quoi, des larmes bataviques ?

– À rien, justement, prenez de la hauteur, mon cher.

Enfin, concluant le parcours : une toile de la Renaissance représentant un enfant à la difformité faciale écœurante.

– La laideur contribue à l'ordre ! hurla-t-elle.

– Joli, répondis-je.

– Saint Augustin, asséna-t-elle, en posant à leur place ses Cutler and Gross qu'elle ne cessait de porter en serre-tête depuis notre rencontre.

En entreprenant d'ouvrir un Mathusalem de Champagne, elle se mordit la lèvre inférieure, puis arbora un sourire dévoilant des dents du plus bel orient, avant de m'annoncer, sans doute nostalgique du Politburo :

– Monsieur, au nom de tous les membres de moi-même, je vous désigne secrétaire général de mon cul.

Le bruit du frôlement de sa robe, quand elle la releva sur une culotte en soie noire, me convainquit finalement d'accepter sa mission.

– Camarade, tu n'es pas seule.

Selon votre appétence au risque

Que voulait-il me dire ?

Que voulait-il me transmettre ?

Après tout, je m'étais toujours débrouillée sans lui. Toutes ces informations vont encore foutre la merde dans ma vie. Il ne sait que raconter des histoires, apparemment. Comment peut-il croire que cela est susceptible de m'intéresser ? Qu'est-ce que j'en ai à foutre de toutes ses conquêtes, de ses rencontres, de ses souvenirs de queutard ? Et puis, cette histoire de mélodie magique est ridicule, sans doute complètement bidon…

Qu'aurais-je préféré ? Je ne sais même pas.

Qu'il me balance tout ça en face ? Quand on écrit, on a moins de choses à dire, c'est pratique pour justifier son absence.

Tout ceci me rappelle ces douleurs bien dégueulasses que sont la fracture d'une côte ou d'un orteil ; douleurs qui, sans vous mettre gravement en péril, vous pourrissent la vie, vous laissant juste le minimum pour supporter organiquement votre sort.

C'était donc ça, l'automne de sa vie. Une période où tout se confond, où tout semble ne plus avoir d'importance ; un mélange de paix intérieure et d'inventaires confus. Se découvrir un courage que l'on ne se connaissait pas.

J'ai tellement mal que je ne peux pas pleurer.

Qu'il aille se faire foutre, après tout.

Chapitre 9

Entracte à l'Opéra de Shanghaï

Tout avait commencé lors d'une représentation interminable d'un ballet local avec ces sempiternels rubans virevoltants. J'y étais simplement présent pour accompagner l'une des plus grandes « têtes de dragon » de la région, prête à investir dans mes affaires. J'étais bar ouvert sur tout (quoiqu'il avait dans le dessin de ses sourcils la désagréable empreinte du lamento perpétuel). Cette Shu Wong était sans doute l'une de ses maîtresses. Son visage ressemblait à un chien en jade de la dynastie Ming. Elle me dévora des yeux à l'entracte et, assez rapidement, moi qui n'avais jamais goûté au charme vénéneux de l'amour asiatique, je fus servi. Les caresses au laurier rose, les mordillements d'orteil, les huiles corporelles au jasmin... Il fallait élaborer des clichés neufs, disait l'autre. Mais là, c'était compliqué, je le confirme. Ce n'était pas un cliché, c'était un poster. Nous cristallisions, en tout bien tout honneur.

Parallèlement, les affaires se concluaient avec mon partenaire dans une ambiance très œcuménique, celui-ci me déclarant à la signature du contrat :

– On n'a pas vu ça depuis la dynastie des Tang.

– Tiens donc ? opposai-je, comme appelant des précisions sur un sujet auquel je ne connaissais strictement rien.

Le déroulé fut sans pli :

– C'est au VIIe siècle que la civilisation chinoise connut son apogée technique et scientifique, en employant notamment la fourmi tueuse des citronniers pour protéger les mandariniers, inventant ainsi la lutte contre les insectes nuisibles par des moyens biologiques que l'Europe ne découvrira que bien plus tard, au XIXe.

Il entendait par cette poussive incidente que l'exploitation de mon œuvre apporterait les mêmes évolutions. Mais « que devenaient les insectes en hiver ? » avais-je envie de lui demander, sans le faire. Il était petit, chauve et semblait aussi âgé qu'une odeur de Gauloises… S'il n'avait pas été tête de dragon, il aurait été opticien à la retraite. Entrée de gamme.

Le plus étonnant de ce voyage fut néanmoins le soir où, lors d'un dîner en amoureux, Shu Wong me fit part de prolepses persistantes, apparaissant à son esprit damasquiné en ce qui me concerne. Elle voyait au détail près, me disait-elle, tout ce qui allait m'arriver dans le futur. Jusqu'au dernier jour. « J'ai 20 ans, mais j'ai aussi 40, 60, 80, 100 ans… Je te vois. » Je lui demandais une démonstration. « Tu ressembles à ta fille quand elle aura 42 ans. »

Le jour de mon départ fut pour Shu Wong un drame sourd, en *la* mineur, aussi banal que bouleversant. Sans rien dire, elle alla cacher mes chaussures dans l'appartement et dissimula également les clés après avoir fermé la porte. Le problème était qu'elle était musclée sous ses airs malingres. Impossible de prendre mon avion. Elle me bâillonna avec un tissu dont je ne connaîtrai jamais le nom. Et comme tous les gens qui ne pensent plus, elle avait décidé de montrer son corps.

« Comment s'appelaient les sadiques avant Sade ? » me dis-je, benoîtement.

Elle sortit un pistolet, le braqua sur ma tempe en me montrant le piano et me dit : « Joue. »

Je lui répondis qu'elle n'était pas obligée de faire ça pour que je joue quelque chose.

« Je veux entendre la musique de quelqu'un qui a un pistolet braqué sur la tempe. »

L'argument était recevable. Moi-même, je fus pris de curiosité. Je commençais *fortissimo*...

« Joue moins fort, s'il te plaît, je n'entends pas mon cœur battre... »

Soudain, la porte fut enfoncée par une horde de « bâtons rouges » et autres hommes de main. On m'épargna la vie à condition d'assister au supplice réservé à ma maîtresse : la voir se faire dévorer par des paresseux affamés. Je m'évanouis de bonheur.

À mon réveil, la condition de ma libération fut de constater sa mort et de lui faire un cunnilingus.

Elle reposait désormais dans un lit de parade fait de brocart, mais dans une position singulière. En effet, son corps était retourné, en position de prière dirigée vers La Mecque, la tête enfoncée dans un aréopage d'oreillers en gros velours couleur émeraude et de roses noires fanées. C'était presque le *Sardanapale* de Delacroix.

Mes mains n'avaient pas versé de sang et mes yeux n'avaient rien vu.

Chapitre 10

Rapport dermatologique sur l'aspect « tabac anglais » de la carnation républicaine

Tous les services de l'IRCAM, ce qu'il en restait en tout cas, étaient sur les dents. Mais même leurs algorithmes, leurs accordeurs aveugles, n'y feraient rien. Impossible de reproduire (au sens essayer d'en créer de similaires, d'approchantes, de variations) le cœur atomique de cette mélodie dont le secret résidait finalement plus dans sa chimie globale que dans ses éléments séparés. Je n'étais pas peu fier de cette magie, même si je n'en étais que le banquiste. Il fallut me convoquer au plus haut sommet de l'État pour m'en entretenir avec la nouvelle présidente de la République, Rachel Vernier. L'occasion de redevenir Parisien.

Je me levais avant le soleil, comme chaque fois que je savais une journée importante. Avec une bonne énergie, de celle qui donne envie de refaire le monde. Sur l'une des chaînes d'info, le leader du parti Force libre développait sa vision politique : « *L'État ne doit servir qu'à protéger les citoyens contre la force, le vol, la fraude, et faire appliquer les contrats. En aucun cas, il ne saurait contraindre certains individus à venir en aide aux autres de façon non consentie. Demander aux plus favorisés de secourir les moins favorisés, cela revient à dire : "Vous avez été dotés de la vue au cours des dernières années ; désormais, l'un de vos yeux ou même les deux doivent être transplantés au profit de quelqu'un d'autre." N'est-ce pas là du vol ?* » Il était temps de partir pour mon rendez-vous. Une envie soudaine de m'ébrouer dans le champ de la démocratie.

Des psalmodies résonnaient au loin, rythmant ma déambulation dans les rues délabrées de la capitale. En effet, entre les nids-de-poule et la poussière, la mairie de Paris avait choisi : c'était la poussière. Le dégoudronnage avait eu lieu deux ans auparavant, faisant rejaillir des chemins de terre que l'on croyait à jamais disparus. Le nouveau maire s'en expliquait ainsi : « Nous n'avions plus le choix. Les frais d'entretien de ces infrastructures devenaient impossibles à régler. Une remise aux normes a bien été étudiée, mais son coût nous a affolés. »

Plus d'une vingtaine de villes françaises avaient pris la même décision, laissant désormais aux habitants le soin de préserver par leurs propres moyens les voies publiques. Ces décisions municipales rejoignaient celles de détruire de nombreux ponts (dont celui du Garigliano) ou passerelles (l'épouvantable Solférino rebaptisée par la suite Léopold Sédar Senghor), eux aussi devenus difficilement conservables et objets de risques bien plus importants en termes de responsabilité juridique des élus. Certains réclamaient des partenariats public-privé pour permettre une mise à niveau de toutes ces infrastructures, mais les entreprises avaient très peu de bonnes raisons de se lancer dans de tels investissements, qui n'en seraient d'ailleurs pas. Ils ne rapporteraient rien.

Cette même matinée, pour cause de grève des transports en commun, il y avait du monde dans les rues, m'aidant à redécouvrir ce Paris que jamais je ne pensais oublier. Tout comme ses passantes. Mes observations prirent d'abord un tour globalisant. Je les comptais par masses, et ma pensée ne les considérait que dans leurs relations collectives. Bientôt cependant, je me fis entomologiste, et j'examinai avec zèle les incroyables variations de jambes, de démarches, de regards, de bouches, de coupes de cheveux... Toutes nouvelles, toutes inconnues à ma mémoire. Toutes incompréhensibles. Soudaine progéria. Le plus-produit de cette épidémie était quand même qu'on pouvait très bien vivre sans baiser.

Le plus grand nombre d'entre elles, telles des mouches prêtes à être écrasées par un livre encore emballé, ne semblaient occupées qu'à se frayer un chemin à travers la foule, qu'à s'en extirper, avec l'air inquiet d'un *fa* dièse. Une minorité paraissait plus en confiance, plus lente, finalement, sûre de sa légitimité, en forme de pivot social, tel un bon vieux *fa*.

Le long des rues, de gigantesques écrans retransmettaient les activités de *troopers* caparaçonnés, grimpant des escaliers puis les redescendant, montant dans des camions, puis en sortant, brûlant des tentes, puis les éteignant… sans que l'on comprenne forcément la lutte finale à laquelle correspondait ce ballet.

À l'entrée d'un immeuble cossu du VIIIe arrondissement, un vieil homme, quoique bien mis, déféquait en toute tranquillité et me salua en croisant ma moue interrogatrice. Les gens avaient pris l'habitude de vivre avec le stercus, qui revenait désormais tous les ans, comme la grippe. La suppression des sanisettes publiques, pour les mêmes raisons budgétaires que l'entretien de la chaussée, et la difficulté des plus humbles à installer des W.-C., dont les prix avaient explosé, dans leurs logements, n'avaient pas aidé à sanitariser la situation en haut lieu. À tel point qu'il avait été décidé de dépénaliser la séculaire « miction sur voie publique ».

Parallèlement, de vieilles salles de cinéma, depuis longtemps désaffectées, servaient à présent de morgues.

Le trottoir facile, j'essayais de structurer une pensée politique au cas où la discussion avec le premier magistrat de France dériverait. J'étais consterné par mes propres réflexions que je découvrais en même temps que je les émettais. Je maîtrisais néanmoins la distance et le temps. Et repensais à cette phrase de ma chère Scylla : « Être à l'heure, c'est déjà être en retard. »

On me fit patienter dans le bureau de la présidente. Je regardais la cour par la fenêtre. « Ça doit être bien d'habiter au premier étage », me dis-je. En effet, c'était pratique et joli. La vie est belle du premier étage.

J'observais ensuite les nombreuses photos qui s'affichaient ici et là. La plupart d'entre elles avaient été prises pendant la campagne électorale de Vernier et formaient un parfait dépliant touristique du village Potemkine que la France était devenue durant la période pendant laquelle je m'étais absenté. Un immense bar-tabac dans lequel on ne vendait plus que des feuilles OCB à de tristes représentants du nouveau larbinat urbain.

« Enlevez les pieds de mon bureau, jeune homme » furent les premiers mots que je l'entendis prononcer sur un ton néanmoins goguenard, presque chantant. Son visage rétracté-bossué trahissait une volonté de maîtrise de soi assez notoire, confirmée par des yeux fortement enfoncés, une mâchoire carrée et un nez aquilin. Elle mesurait dans les 1,70 mètre. Si elle avait été plus petite, d'ailleurs, quelque chose aurait cloché. Ses traits étaient clairement ceux d'une « grande ».

Elle m'étouffait immédiatement de ses phrases qui me semblaient préenregistrées, alignant les antiennes de Tours : « Quand les gens ont faim, ils sont plus dangereux que quand ils ont froid », « La gauche préfère le désordre à l'injustice ». Et quelques curiosités sémantiques : « Le sens commun est le palladium gothique des polices humaines », « La kakistocratie n'est pas un couteau posé sur la table, c'est une cuillère », etc. Puis, m'assurait, sans que je ne demande rien, que le mouvement dextrogyre de la société n'était pas un phénomène nouveau, mais que, si elle savait qu'à gauche de la droite, il y avait la gauche, à droite de la droite, en revanche, elle ne voyait pas trop. Je recevais toutes ses réflexions comme des balles molles, n'imaginant pas bien à quelle puissance les lui renvoyer.

« Vous savez, je suis d'une gauche qui n'existe plus. J'en ai soupé des merguez et des lacrymogènes. Il faut grandir, n'est-ce pas ? Pour rester dans l'allégorie ustensilaire : il n'y a plus que les fourchettes qui sont à gauche. »

Je cherchais alors une position antalgique dans le lourd fauteuil recouvert de chintz un peu cramé sur lequel j'étais assis, rappelant les grandes heures de la Ve République. On pouvait comme y sentir la chaleur des fesses du général de Gaulle.

Soudain, un monte-escaliers descendit de l'étage. À son bord, un homme noir aux cheveux blancs.

– Et voilà Michael Jackson, me dit-elle.

« C'est formidable », me disais-je, en reconnaissant le célèbre interprète de « Billie Jean » ainsi que ses gants à sequins qui paraissaient incrustés dans sa peau criblée de germes verdâtres tel un papyrus.

La présidente poursuivit, tentant de combler le silence rythmant la stupéfaction, en récitant de nouveau comme si elle lisait un article :

– Michael Jackson n'est jamais mort. Il s'est réfugié en 2009 au château de Chambord, qui était l'un de ses préférés, las des accusations et des campagnes de dénigrement dont il fut l'objet aux États-Unis à l'époque. Il s'y est fait cryogéniser par nos équipes, attendant patiemment son heure dans une cuve remplie d'azote liquide.

«*Hi hi*» furent les premiers mots qui sortirent de la bouche du «King of Pop», comme s'il venait de respirer du protoxyde de carbone. «*I need a song*» furent les suivants, avec cette voix aussi fluette que dans mes souvenirs.

La présidente enchaîna :

– Michael veut faire le come-back le plus incroyable de l'histoire; celui d'un mort. Mais il ne compte pas retourner aux États-Unis. En attendant, il a besoin de chansons…

«Et surtout, il ne joue d'aucun instrument de musique» (précisai-je intérieurement, étant trop bien élevé pour l'extérioriser). J'avais observé au sommet de sa gloire dans les années 80 que beaucoup de ses chansons étaient signées de lui-même (et parmi celles-ci, quelques-unes assez complexes, comme «Don't Stop 'Til You Get Enough», «Billie Jean», «Beat It», «The Girl Is Mine», «Dirty Diana», «Heal the World», «Who Is It ?», etc.) Or, il existe très peu de documents visuels montrant Jackson jouant d'un instrument, à part une publicité pour Pepsi en 1993 où on le voit faire un playback au piano. Par quelle cuisine juridique avait-il réussi à apparaître seul sur les crédits de ses morceaux pour lesquels il avait été, au minimum, assisté harmoniquement (les rares démos que l'on possède de lui sont majoritairement *a cappella* et témoignent que les mélodies vocales sont en revanche bien les siennes) ?

– Voilà.

Ce n'était pas la pire proposition de mon existence, je l'admets. Je m'inclinais face à l'apparente réalité de la scène, quand Jackson entreprit justement de me chanter l'une de ses nouvelles mélodies qu'il me conviendrait d'habiller. La voix, quoique fatiguée, était bien la même. Le titre s'appelait « Farrah Fawcett », en l'honneur de la comédienne américaine, « drôle de dame » morte le même jour que Jackson, le 25 juin 2009. Je le félicitais de cet angle et lui rappelais alors les nombreux cas de télescopages nécrologiques dans l'histoire, sujet qui me fascinait depuis longtemps, et qui pourrait peut-être l'inspirer pour le texte :

Thomas Jefferson et John Adams, les deux rivaux de la jeune démocratie américaine meurent tous les deux le 4 juillet 1826, jour de la fête nationale.

Joseph Staline et Sergueï Prokofiev le 5 mars 1953 ; la mort du « petit père du peuple » éclipsant complètement celle du compositeur de *Pierre et le Loup*. Au point que la légende dit que toutes les fleurs de Moscou furent réquisitionnées pour l'enterrement du premier et qu'aucune n'accompagna la dépouille du second.

Dans son *Je me souviens*, Georges Perec rappelait qu'à la date du 25 novembre 1959, la mort prématurée de la plus grande star du cinéma français de l'époque, Gérard Philipe, occulta totalement celle de Jean Grémillon, réalisateur de *Remorques* (1941), encore aujourd'hui fortement sous-estimé.

L'année 1963 offre deux cas de figure exceptionnels : le 11 octobre, ce sont Édith Piaf et Jean Cocteau qui disparaissent (on dit même que le second serait mort d'une crise cardiaque en apprenant le décès de la première) ; le 22 novembre, le pauvre Aldous Huxley, auteur du *Meilleur des mondes*, pensait faire de sa mort un happening total (en demandant à sa femme de lui injecter une dose létale de LSD), mais fut complètement dépassé par l'assassinat de John Fitzgerald Kennedy à Dallas.

Louis Aragon et le comédien Maurice Biraud disparaissent le 24 décembre 1982, jamais une bonne date.

Je sentais l'auditoire m'échapper… J'accélérai.

Luis Buñuel et David Niven, le 29 juillet 1983.

Orson Welles et Yul Brynner, le 10 octobre 1985.

Dizzy Gillespie et Rudolf Noureev le 6 janvier 1993.

Les deux grands crooners, Barry White et André Claveau, meurent le 4 juillet 2003.

Michelangelo Antonioni et Ingmar Bergman, le 30 juillet 2007.

Carrie Fisher et Claude Gensac, le 27 décembre 2016.

Jean d'Ormesson et Johnny Hallyday, le 5 décembre 2017.

Enfin, le pongiste Jacques Secrétin disparaît quelques heures avant Diego Maradona, le 25 novembre 2020.

« Cool » fut la réponse soulagée de Jackson à cette énumération qui perturba quelque peu le fil de la pensée de mes interlocuteurs. Moi-même, je ne prenais conscience que progressivement de l'importance du moment.

Je me retrouvais ainsi dans une situation que j'adorais, être dans le secret d'un évènement qui serait bientôt rendu public. Je ressentais exactement la même chose que lorsque, enfant, mon père, qui travaillait au ministère de l'Intérieur, nous annonçait les dimanches d'élections, entre 18 et 19 heures, les résultats que mes concitoyens ne découvriraient que plus tard dans la soirée.

Rachel Vernier compléta :

– Il faudra faire de sorte que tout ceci soit prêt au moment de la campagne électorale qui aura lieu dans un an et demi.

– Quel rapport ?

– Michael et moi nous sommes mis d'accord pour que l'État français bénéficie à sa façon de cet extraordinaire retour qui risque de provoquer un chaos mondial. Il possède en effet des preuves irréfutables que l'État américain a tout fait pour le salir et l'assassiner… Mais concentrez-vous sur votre tâche, jeune homme !

– C'est pour ça que vous m'avez fait venir ?

– Vous pouvez disposer.

– Et n'oubliez pas de ramener vos pansements à la pharmacie ! ajouta Jackson, me faisant un signe de la main, tout en réactivant son monte-escalier, avant de disparaître dans un sous-plafond de la République française.

Interlude II

De toutes ces propositions émanant de cette cour des miracles internationale, je ne fis évidemment rien. Non par fainéantise, mais parce qu'aucune ne voulait reprendre à l'original mon travail. On me demandait de louvoyer, de m'adapter, de collaborer, de fournir des ersatz. Mon courage physique n'était pas fulgurant, certes, mais mon orgueil créatif était bien plus affirmé. Par ailleurs, en toute honnêteté, je souffrais aussi d'un sentiment d'imposture, sachant très bien que cette mélodie n'était pas ma création et que je ne pouvais guère en reproduire une possédant les mêmes effets. Je n'arriverais, en aucun cas, au métacarpe de la proposition initiale.

Le talent, c'est comme des économies dans lesquelles il faut aller taper en temps de crise. Ça permet de gagner du temps en cas de coup dur. Le travail, lui-même précédé par la recherche, ne consistant qu'à alimenter ce futur talent. À moins de croire au paradoxe du singe savant.

Plus généralement, découvrir que l'on n'a aucun talent dans une discipline que, pourtant, l'on chérit plus que tout est l'une des plus grandes douleurs de l'existence, avec l'incarnation d'un ongle.

Peut-être étais-je quelque chose de plus que je n'imaginais. Ne le saurais-je un jour ?

Car le vrai musicien est sous camisole. Aucune autre activité ne semblait me mener aussi loin de la rationalité. La perte de vue, l'impression de vertige et une étrange exaltation mêlée à d'irrépressibles montées de larmes rendaient cet art extrêmement dangereux.

Par ailleurs, une certaine forme de célébrité viole profondément l'essence, l'âme humaine. Elle en est antinomique, contraire. Aucun cerveau ne peut y résister très longtemps sans le soutien chimique ou le développement de névroses mortifères. L'homme n'est pas fait pour être adulé. Et enfin, depuis la nuit des temps, toutes les histoires de succès sont ennuyeuses au possible.

Le cognac aidant, je fis donc le mort et ne donnais suite à personne.

Évidemment, je fus désormais recherché par tous ces gentils mécènes, auprès desquels je m'étais engagé, et, pour certains d'entre eux, à qui j'avais pris l'argent, mais à qui je n'avais rien livré.

Je reçus ainsi un jour un courrier bien étrange sous la forme d'un dossier de presse annonçant la tenue prochaine d'un colloque de chirurgiens-dentistes. Son titre ? « *La Référence en prothèse* ». Curieux, je l'ouvris et pus observer que certains passages avaient été soigneusement stabilotés : « *Un protocole clinique et technique permet d'améliorer le traitement de l'édentation totale* » ; plus loin : « *Contrairement aux idées reçues, le nombre d'édentés total ne régresse pas.* » Et enfin : « *Les praticiens hospitaliers mesurent un rajeunissement de la population édentée.* »

Une autre fois, ce fut une coupure de presse qui faisait mention de « *trois meurtres à propos desquels la police fut contrainte de soupçonner les assassins d'avoir changé les vêtements des victimes, car ils présentaient des blessures par balles, sans pénétration des habits.* »

Malheureusement, on ne peut pas se crucifier soi-même, on a besoin d'amis.

Chapitre 11

Gigolisme et communisme à deux : enjeux et perspectives

« Va jouir plus loin, si possible. »

J'avais l'impression que tout ce qui m'arrivait était la réponse à une question que je n'avais jamais posée. Un marché que je n'avais jamais conclu. Toute ma mélancolie venait de là.

Il fallait, cependant, bien gagner sa vie. Je me reconvertis alors en « accompagnateur sexuel ». Je m'étais ainsi installé dans un studio où un lit à matelas pneumatique trônait en plein milieu.

Ici, les microbes ne passaient pas. Le système de filtrage de l'air pulvériserait n'importe quel chancre de mort-vivant. L'odeur de la pièce était celle d'un pressing abritant 20 lessives par jour. Sensation d'humidité chaude, désagréable, mais rassurante. Pour décoration, la reproduction d'une peinture de chasse à courre du XIXᵉ siècle. Probablement de Géricault. Et une autre représentant un vieux gréement pris dans une tempête.

Durant les massages, je signifiais toujours à mes clientes qu'elles avaient le droit de dire « oui » ou « non » quand elles le souhaitaient, ce qui paraissait en surprendre bon nombre.

« À 34 ans, vous savez, je plais encore à toute sorte d'hommes, me confia par exemple Estelle, aide-soignante en Ehpad, poursuivant : Mais ils sont vraiment tous nuls, alors je me suis dit : "Pourquoi je ne paierais pas quelqu'un qui connaît les femmes mieux que quiconque ?"

Je confirmais en ahanant :

– Qui sait ?

Elle continua :

– Je ne dis pas ça pour me justifier, hein ! Mais bon, vous savez, je suis très anxieuse de tout ça... J'ai jamais fait ça de ma vie.

Elle ne sembla pas se rendre compte que les choses commençaient. Cela dura une quinzaine de minutes.

– Eh bien, on ne m'a jamais respectée comme ça, s'offusqua-t-elle presque. Elle se rhabilla.

– Vous ne vous rincez pas la bouche ? me dit-elle.

Non, j'attends qu'elle parte.

– Parce que vous savez, dans ce métier, il paraît qu'il y a beaucoup d'homosexuels, et certains refusent de faire des cunnilingus.

Je confirmai, ça fera 150.

– Bon, ben voilà, conclut-elle.

Je la raccompagnai à la porte.

Elle ajouta :

– Au fait, est-ce que vous pourriez effacer la photo que je vous ai envoyée ?

Oui, bien sûr.

– Devant moi, si possible.

Je sortis mon portable, trouvai le document et le supprimai sous ses yeux.

– C'est la première fois que je faisais une photo de mon sexe. »

« Décidément, il n'y a pas une tache d'ennui dans mon existence », se justifia, avec un humour pressé à froid, Patrick, quand il se rendit compte qu'il s'était trompé de site de rencontres. Son visage dilaté-atone trahissait pourtant une puérilité évidente, confirmée par des yeux exorbités et des formes molles autour des mâchoires... Un gommeux sur le retour qui sentait le papier d'Arménie. « Je suis un vilain petit connard. » OK, jeune homme. Quand j'ai dansé avec lui, néanmoins, le trouble était visible. Il avait apporté la musique des *Chariots de feu* de Vangelis. Aucune sexualité irisée n'en découla. « Faudra pas compter sur moi pour repeupler la planète », conclut-il dans un éclat de rire contondant.

Enfin, après avoir récité quelques passages osés de *Sexus* d'Henry Miller, sans succès, je dus lire *Belle du Seigneur* d'Albert Cohen (sur un exemplaire qu'elle avait elle-même apporté) à une femme d'âge avancé, qui se masturba pendant deux longues heures (je sautais des passages). Elle avait la peau flapie, qu'on aurait crue posée sur son squelette. On aurait dit un Shar-Pei. Puis, nous passâmes à la tentative, après que ma patiente eut enfilé une burka rose.

Comme disait ma grand-mère : « C'est pas la gueule que tu baises. »

La suite fut plus délicate : en se rhabillant, elle se mit en tête de tout savoir de moi, alors que je ne voulais rien savoir d'elle.

« Vous avez une belle voix, me dit-elle. La voix douce d'une institutrice... Vous êtes juif?

– Non, je suis fatigué.

– Ha ha… Si la conversation était un art, vous devriez exposer. Vous verrez, un jour, je vous baiserai mort, ponctua-t-elle, en rejoignant les escaliers qu'elle ne vit pas se dérober devant elle, se fracassant l'être sur la rambarde.

M'empressant d'aller lui demander son état, à la réception, elle me repoussa vigoureusement. Son espace vital, social avait dès lors repris le dessus. Je ne pouvais que l'observer, repartir, boitant, son orgueil, signe de caractère toujours touchant chez une femme, au diapason.

– Adieu, madame, j'ai bien l'honneur. »

Selon votre appétence au risque (léger retour)

« Le ciel se tait. Demi-nuit crasse. Des voix rampent. Plats ventres. Violettes écloses en main. Rendez-vous remis. Accolades professionnelles. Enfants épuisés par l'activité. Le grouillement de la meute se heurte aux lobes flottants. Avenues fécaloïdes. Métros arthritiques. La fin du travail. Je vous la souhaite bien bonne.

Éléonore n'est pas morte. Je le sais. C'est encore mieux. Elle vomit toujours. Elle n'en finit pas de se rendre aux hommes perdus. De la merde coule dans leurs veines. Elle ignore. Souriante. C'est sa croix. Sa version. Ça l'allaite. Elle recule au vent. Se pince les doigts dans sa fermeture. Et tous ses rêves de se terminer à la même heure. Le sang timoré est sur les draps. Dans le bruissement d'une soie grenade. La douleur invisible. Inconsolable. Tirer dans le tas du troupeau. Sans faire de prisonniers. Au culot. À l'aveugle. Elle revend. Elle achète. Elle soustrait. De vieilles devises à refourguer. Preneuse. Cette vie l'a déformée. Elle se venge. Elle fait des affaires. Elle se renouvelle dans l'usure. Normal.

Pourquoi, à cet instant, ne parvenais-je pas à battre froid cette peur irrationnelle qui exerçait sur moi un magistère de débilité sédative ? Depuis le temps que je m'accrochais aux branches, le bois jouait, craquait, trahissait, m'annonçant par sa friabilité les derniers mouvements du divertimento. *Entre l'ignorance de la chute et la lucidité du zélé converti. Suspendu à l'envers, les pièces tombaient de mes poches comme les mots. Les notes. Admettre que c'était bel et bien là une situation délicate, où personne, même parmi les plus complaisants de mon entourage, ne viendrait me chercher. La solitude totale, finale. Comme une solution, si je voulais faire,* in extremis*, un dernier mot, cure-dent. Qu'étais-je censé faire ici ? J'ai quelque chose à expier ; une mesquinerie, sans doute. L'accumulation inconsolable de courage sadique, de tristesse péremptoire, de légèreté irresponsable envers ces mêmes mains qui me retenaient de l'échéance mortifère… Tout ceci ne serait jamais arrivé devant un piano. Il fallait s'y résoudre. Composer n'était rien d'autre que d'asséner à une audience dormant dans son sang : "Comment ça va ce soir ?"*

Cela me rappelle cette phrase : "Que fait-on quand l'on découvre que son enfant est con ?"

À remplacer par : "*son père*". »

Chapitre 12

Ou comment ramener à la raison la plus insolente des cicatrices

Ma vie ressemblait à présent à cette salle d'attente mal aérée, où je craignais à chaque seconde soit de m'effondrer de douleur soit d'être infecté par un autre. Tout ce qui était interdit aux femmes enceintes me l'était désormais, un semainier à la place du scrotum. Au centre de la pièce, sur une table, s'épuisait un bouquet d'immortelles communes. La secrétaire semblait solvable, quoique dotée d'une voix rappelant vaguement une improvisation de Cathy Berberian.

Sur le mur, jouxtant une psyché art déco, un portrait de Gaspare Tagliacozzi, l'un des premiers rhinoplasticiens de l'histoire, accompagné d'un poème de Voltaire qui moquait son génie :

«Ainsi Taliacotius,
Grand Esculape d'Étrurie,
Répara tous les nez perdus
Par une nouvelle industrie :
Il vous prenait adroitement,
Un morceau du cul d'un pauvre homme
L'appliquait au nez proprement ;
Enfin il arrivait qu'en somme,
Tout juste à la mort du prêteur,
Tombait le nez de l'emprunteur,
Et souvent dans la même bière,
Par justice et par bon accord,
On remettait, au gré du mort,
Le nez auprès de son derrière.»

Plus loin, une peinture représentant Dominique-Jean Larrey, chirurgien en chef de l'armée impériale de Napoléon, célèbre pour avoir réalisé plus de 200 amputations en vingt-quatre heures, lors de la bataille de la Sierra Negra, en 1794. Larrey se targuait de pouvoir amputer un bras en dix-sept secondes.

Enfin, une photo de la première chirurgienne esthétique de l'histoire, Suzanne Noël, connue pour son lifting de Sarah Bernhardt qu'elle effectuait sous anesthésie locale, à mains nues, sans masque ni blouse.

J'avais moi-même décidé de changer de visage pour échapper en toute impunité à ceux que j'avais trahis. Victime de canitie précoce, je me ferai faire une teinture définitive et j'en profiterai pour demander une opération des cordes vocales.

« Je suis totalement biochimique, je subis les mêmes traitements que mes patients. C'est un avantage. Je sais ce qu'ils vivent. » La chirurgienne en charge des travaux m'apparut immédiatement douteuse, telle la Vierge noire de Rocamadour. Le genre à qui l'on doit déjà de l'argent, sans même avoir ouvert la bouche. Le genre à souvent changer de banque. Le genre à tirer dans les pneus. Le genre à manger des éprouvettes, quoi. Elle m'ouvrit des books de photos montrant ce qui serait susceptible de me convenir, de me plaire. Pour le visage, ce fut assez rapide : je choisis une augmentation de mon menton que j'avais toujours trouvé fuyant ainsi que de mon nez. Pour le reste, ce fut plus compliqué. Pour la voix, par exemple… La chirurgienne me conseilla de la lecture avant de prendre ma décision. Rien ne pressait.

« Féminisation de la voix.

Cette opération s'adresse aux personnes soucieuses de rendre leur voix plus féminine.

La hauteur de la voix est une caractéristique du sexe féminin et les femmes ont généralement une fréquence fondamentale plus haute que les hommes. La différence entre la voix masculine et féminine est d'environ 100 hertz (100-110 hertz pour les hommes et 200-250 hertz pour les femmes).

L'orthophonie est essentielle pour obtenir une voix féminine, mais la chirurgie vient faciliter son acquisition en permettant une vibration plus rapide des cordes vocales.

L'intervention la plus efficace est la glottoplastie.

Il s'agit d'une opération par voie endoscopique basée sur trois principes : augmenter la tension des cordes vocales, modifier leur consistance et réduire leur masse. Ceci est obtenu par la création d'une palmure antérieure.

Au besoin, une réduction de la pomme d'Adam peut être pratiquée au cours de la même intervention par une petite incision externe.

L'opération peut aussi s'adresser à des femmes présentant une androphonie d'origine hormonale. »

Ma pomme d'Adam protubérante ne le supporterait sans doute pas.

Mais soyons, pour une fois, radicaux.

Car, en temps normal, ces opérations auraient demandé un héroïsme que la nature ne m'avait pas légué.

Chapitre 13

Tableau d'un enfant postraphaélite en gouache et bordeaux (suggestion de présentation)

Aberrations nerveuses, perceptions fallacieuses, la nouveau-née me parlait dans un langage inconnu, mais qui me semblait cependant parfaitement articulé, par l'espace entre les sons, leurs longueurs, les intonations et les pauses utilisées entre chacun d'entre eux. Une fugue subtile.

J'avais en tête un film tourné en Super 8 dont j'étais sans cesse à la recherche et dont la disparition m'inquiétait jusqu'à m'en réveiller la nuit, torturé par d'intolérables douleurs intercostales que j'essayais de calmer au Rémy Martin.

Elle s'était réveillée à 7 h 44, après s'être endormie la veille à 19 h 44. Je tenais les comptes. On pourra raconter ce qu'on veut sur l'enfance. Cette mathématique initiale défiera longtemps le sentimentalisme parental. Nos enfants ont besoin qu'on ne s'immisce pas entre eux et le temps, qui dirige bien mieux leur destin que n'importe quel martinet mental.

Il fait désormais nuit, tu regardes par la fenêtre. « La lune s'est déguisée en citron. » Mes lèvres sont certainement cousues. Mais je suis et serai toujours là. Face au grand miroir qui trône dans le salon, tu te parles, tu te touches les cheveux, tu fredonnes une mélodie. Tu parles à ton amie invisible comme le puma du Surrey. Tu la maquilles, l'habilles, la rouspètes, l'embrasses, la berces… Tu en auras d'autres. Je m'y connais. J'étais là avant toi, je te signale.

Mais il faudra apprendre le mépris pour bien aimer. Et apprivoiser sa peur pour protéger. Vois-tu, depuis que tu es née, mes songes sont bercés par des visions de dévalements dans les escaliers d'Odessa et par des cris d'impuissance. Il faudra prendre des notes aussi, dès que quelque chose te touche, te marque. On oublie si vite. Ça sera mon unique conseil de vie finalement : prendre des notes. Sans vouloir te commander.

Il va falloir que je parte et je ne te dirai pas au revoir. Nous ne pourrons plus compter les métros ensemble. Je ne te reverrai sans doute pas. Il n'y aura pas de photo de moi. Il n'y aura pas non plus d'enregistrement. Ne resteront que quelques notes.

Bien entendu, ce sera dans les premiers jours de décembre ; tu te seras levée très tôt pour porter le cercueil d'une vieille dame, après m'avoir lu dans une petite chambre des Hauts-de-Seine. Je penserai à toi quand tu traverseras la rue pour pénétrer dans l'église, en sautant au-dessus d'une flaque, donnant ainsi à ton allure un sautillement incongru en de telles circonstances, tu retrouveras ainsi la souplesse de l'enfance. À la vue des prie-Dieu, tu prendras peur, te cognant et renversant l'un d'eux, t'excuseras auprès de l'assistance en murmurant un « je suis de la famille », tout en cherchant le regard d'un proche, les traits d'un visage connu. Le prêtre ordonnera de lancer une musique idoine dont la tristesse ostentatoire accompagnera non pas mon souvenir, mais les tiens, en te remémorant les différentes étapes de ta vie. Un frôlement de missel, un crépitement de cierge, un reniflement mouillé, un aboiement au-dehors, la médiocrité des chants achèveront de te demander si ta présence est bien nécessaire. Je te verrai alors quitter les lieux sans savoir si cela est définitif. Tu erreras quelques minutes dans le quartier, étourdie par ta culpabilité. Finalement, il ne faudra plus que quelques minutes avant que ta paume ne serre la poignée du cercueil, non sans que l'un des porteurs ne t'ait auparavant interrogée : « Qui êtes-vous ? » Question à laquelle répondra un inconnu à ta place. « C'est Éléonore. » Détestant les fleurs, tu jetteras enfin dans la tombe, au pied du cercueil posé à la verticale, la défunte souhaitant se faire enterrer debout, tes lunettes de soleil, seul objet dispensable que tu possèdes à ce moment-là dans tes poches.

Je te verrai retourner dans ta petite chambre des Hauts-de-Seine. Triste, comme tous ceux qui ne comprennent pas.

On dévalisera alors mes tiroirs et placards pour trouver cette Super 8 perdue, et, sans surprise, l'on finira par tomber sur des mots laissés ici et là que l'on ne cherchait pas :

« *À un moment, j'ai cru que si tu ne voulais pas, c'est parce que tu en savais plus que moi, que tu avais trouvé quelque chose, que tu étais en avance sur moi et que tu finirais par me le dire. Que ce qu'il y avait de beau, tu finirais par me le dire.* »

« *Mal au cœur ?* »

« *Suffisamment ivre pour devenir fréquentable. Enfin. À bientôt.* »

« *Heureuse de t'avoir revu. De te savoir dans cette ville.* »

« Je viens de retrouver mes clés dans une mini-poche de mon sac. No comment. Merci pour la soirée. »

« Si nous étions amis, ferions-nous l'amour de cette façon ?… Si nous étions amants, le ferions-nous plus souvent ? Et si seulement… »

« Un jour, tu verras, on sera vraiment comme des vieux et ça sera génial. 10 000 000 de bisous. »

« Le keffieh porté comme un hijab te sied à merveille. Moi, c'est le rôle de zouave qui me va bien. »

« Tu ne veux pas te réveiller. J'appelle les pompiers et je me casse. »

« Préparez votre temps, j'ai tout le mien. »

« Demain, il ne fera pas beau, mais je serai belle. Trop, mais en pire. »

« Je t'aime, imbécile, derrière une note d'honoraires. Il est 4 h 44 et tu ne veux pas m'embrasser, juste dormir. Même en écrivant je n'arrive pas à dire ce que je voudrais vraiment te dire. Tant pis. »

Chapitre 14

Épuisement des arguments respectables d'une vieille dame indigne

Mon corps est mon seul dieu. Auquel je dois sans cesse répondre. Rendre des comptes. Excuser. Expliquer. Promettre. C'est mon seul électeur. J'ai fait un deal avec lui. Je le laisse tranquille, mais on s'augmente tous les deux. Ne jamais tomber malade un dimanche.

C'était d'ailleurs un faux plafond en dalle de fibre minérale. Depuis combien de temps le fixais-je ? Le meilleur était-il derrière moi ?

Je reposai mon shilom, clinique premium. Légère douleur dans le bas-ventre. On me garantit que c'était temporaire. Mes joues, cagneuses, me grattaient. Un renouvellement d'adrénaline n'aurait pas été de trop.

Chaque chose en son temps. Problème de corps flottants. Les corps caverneux, eux, à la poubelle. Je commandai abondamment des cure-dents que je consommais à forte fréquence.

L'opération se passa, sembla-t-il, bien.

Damer le pion, qu'ils disaient.

L'infirmière n'était vraiment pas jolie (il faudrait pénétrer dans le corps de certaines personnes avant de les juger véritablement laides, peut-être ont-elles de jolis poumons ?) Au sens où l'on ne s'arrêtait pas de penser quand elle entrait dans la pièce. Sa voix perçait le silence amidonné de l'espace telle une fraise sur une incisive. J'aurais voulu me laisser mourir, mais ne savais même pas comment faire. Je me sentais comme Miss Havisham dans *Les Grandes Espérances* de Dickens, avec ce gâteau de mariage, là, sur la table à manger. Disposées sur les deux tables de nuit entourant mon lit, des photos de quelques proches prises à l'époque de leur grandeur physique. Celle des dos droits. Des dents blanches. Des lèvres fermes. Des seins perçants.

– Quel jour on est ? me demanda l'infirmière.

– On est aujourd'hui, dis-je.

– Vous avez parlé cette nuit, ajouta-t-elle.

– Ah ? Et de quoi ?

– Vous étiez apparemment en voiture avec quelqu'un.

Syndrome des faux souvenirs induits, quatrième état de la matière incarnée par une aurore boréale rarissime, que j'entrevis et qui me fit soudain prendre conscience de l'inutilité des fenêtres.

Chapitre 15

Un moment d'égarement au péage de Mantes-la-Jolie

Je renaissais, certes. Mais comment toutes ces variables d'ajustement réussissaient-elles à changer de vitesse ? Conduire ne m'avait jamais paru une nécessité urgente jusqu'à la mort de mes parents et la rupture avec certains proches. J'avais passé trente ans de ma vie à dépendre des autres à ce sujet. Alors que je comptais juste faire un tour de périphérique pour écouter l'une de mes nouvelles compositions (le *car-test* était l'un de mes favoris en matière de rendu musical car, laissant l'esprit être occupé par une activité physique, cela m'empêchant ainsi de saturer la signification, il permettait d'écouter à un volume sonore indigne d'une copropriété), je fis une embardée sur l'A13, mon autoroute préférée, sachant qu'en ce début d'octobre, elle était aussi vide qu'une cour de récréation dominicale.

Cette poussée automobile venait en quelque sorte compenser mon apostasie sexuelle qui s'éternisait dangereusement, certes. Je n'avais pas baisé depuis maintenant trois ans.

Frôler les carrières de Guerville me fascinait toujours autant. Admirer la centrale de Porcheville aussi. Revoir ces endroits était la garantie, à peu de frais, de replonger dans une époque magenta. Le péage de Mantes-la-Jolie faisait également partie du dépliant. Je poursuivis encore une cinquantaine de kilomètres et, à mi-chemin vers Rouen, je fis demi-tour et repris le chemin vers Paris, assurant un deuxième passage dans ce triangle d'or. Mon menuet s'accordait parfaitement avec l'ampleur décrépie de Guerville, le faisant ressembler à l'un de ces châteaux de sable que l'on abandonne quand la pluie vient à tomber sur la plage. Le péage se rapprochait, et le plaisir toujours renouvelé de décélérer se confirmait. La plupart des stands étant désormais des machines, je me faisais un devoir d'aller à l'un de ceux encore tenus par l'un de ces aimables cerbères, rare occasion d'un contact humain dans ces trajets-loisirs.

Elle me rendit la monnaie et me dit : « J'en ai marre, emmenez-moi. »

Je ne savais pas quelle heure il était. Elle ne savait pas quel jour on était.

Ce visage me disait quelque chose. Le je-ne-sais-quoi du nihilisme précoce. Ses longs cheveux bruns, électriques et bouclés, n'étaient ni coiffés ni coiffables… Sa bouche à double fond pendait et mouillait. Ses lèvres grossissaient rapidement quand on les embrassait ou quand s'y fracassait un bouchon de champagne. Ses dents étaient relatives. Son sexe, ailleurs. Comment s'amuser sans pénétration ?

Je n'avais pas ri depuis le 3 mai, ça tombait bien. « La seule valeur, c'est le travail », poursuivit-elle en cherchant la cigarette qu'elle venait de faire tomber entre ses cuisses. Si ça ne tenait qu'à elle, elle ne parlerait que d'elle, ne vous invitant à lui adresser la parole que parcimonieusement, quand elle a besoin de bruit. Ça m'allait.

De toutes les nuits, ce fut la plus belle. Allongés que nous étions sur le parquet de cette chambre bordélique, uniquement éclairés par une longue bougie plantée sur un candélabre fuyant, tout nous semblait possible. Tirer dans le miroir.

Ce n'est que le lendemain, lorsqu'elle entreprit d'entreposer les moignons dans le congélateur, que tout s'effondra. À l'évidence, elle avait changé d'avis pendant son sommeil. Peut-on éduquer le sexe ?

Ça commençait par une curiosité. *L'homme mûr,* donc. Le schéma d'une espèce commandée. Fuir les acnéiques de son âge. Fuir la famille. Fuir le destin. L'accélérer. Pénétrer parfaitement dans ce nouveau corps que la nature lui offrait. Pénétrer aussi dans l'esprit de ces hommes qu'elle ne comprendrait peut-être jamais si bien qu'à cet instant même. Le reste n'étant que lutte physique perdue d'avance.

Elle jouait à ouvrir la portière pour prendre le vent : « Le mec était en feu, je te dis, là sur le bord de la route ! »... N'importe quoi. Fonce ! Et ce frelon qui rôde... Personne ne brûlait, tout va bien, putain.

Il faudrait que je dorme.

Il n'y avait pas encore beaucoup d'exemples de *serial killeuses.* Selon une étude américaine, les femmes tuaient dans la discrétion et étaient moins sadiques que les hommes. Elles ne constituaient que 8 % de l'ensemble des tueurs en série et se divisaient en deux grandes catégories : les « veuves noires », qui assassinaient maris, amants et autres enfants pour des raisons essentiellement matérielles, et les « anges de la mort » qui se débarrassaient des personnes dont elles avaient la responsabilité par simple volonté de puissance (infirmières notamment). À l'évidence, une troisième naissait sous mes cernes.

Elle s'occupait de ses plantes carnivores. Elle grattait les épidermes quotidiennement. En recueillait une légère poussière saumâtre et les offrait à ses végétaux préférés.

« Je n'ai connu qu'un homme, un vrai. » Tous tombés dans le panneau. « C'est qui ? » répondaient-ils, pêchant naïvement le compliment…

« Emmène-moi à Venise », me susurrait elle à l'oreille, se croyant irrésistible, sa main posée sur quelque chose. Fantasme de plébéien. Je passai la cinquième pour faire quelque chose.

Venise ? Tu n'y pensais pas ! Je ne suis pas comme tous ces touristes allemands victimes du syndrome Aschenbach qui prennent un aller simple pour aller se jeter dans les eaux pestilentielles du Grand Canal, après avoir réglé un dernier repas au Danieli. Cette ville est bien trop prévisible.

Nicaragua ? Pourquoi pas.

Bavardage. C'était une chimère de plus, une scorie du passé qui, en fait, après cuisine, s'avérait être un raté notoire dont elle n'avait été que la maîtresse et qui l'avait rapidement quittée pour rejoindre la régularité du ménage et des comptoirs, épuisé par les charcoteries débutantes de mademoiselle. Au moins, lui était resté en vie et était abonné à *L'Équipe*. J'en ai fait le tour. Mais le piège se refermait lentement. Quelque chose fascinait. Suspendait.

Elle maîtrisait parfaitement la différence entre les dionées (aussi appelées « attrape-mouche de Vénus ») et les droséras (qui, avec leur système de piège, étaient, selon elle, la preuve de l'existence d'une volonté supérieure à l'homme) qui peuplaient son modeste 13 mètres carrés. Elle nourrissait la dionée des sexes cyclopéens et la droséra de membres plus humbles. Comme souvent, quand je n'y connais rien (et elle disait n'importe quoi, étant beaucoup plus à l'ouest que son prénom ne le suggérait), je valide les silences.

Elle était assise sur le piano. Et, sans le savoir, jouait la mélodie. Je la prenais. Sur les touches. J'écoutais et évitais la lame de peu.

Cette façon de complètement s'inventer est propre à celles qui comprennent plus vite que d'autres la médiocrité des hommes. Et si elle plaisait tant, c'était sans doute à cause de cela. Et de sa bouche molle, que l'on sentait à peine. C'est ce qu'elle-même se disait, nue, sur la chaise, en recousant ses plaies. Elle était contagieuse, désormais.

La portière s'ouvrit. Elle éclata de rire et s'envola.

Chapitre 16

Lecture en diagonale d'une bible à laquelle on a arraché des pages

La voiture filait encore sur l'A13, vers la Manche. Je me sentis soudainement mieux, comme débarrassé. Les phases de guérison étaient quand même parmi les plus beaux moments d'une vie. Et les résultats de mon opération m'avaient fondamentalement ouvert les yeux sur les possibilités qu'offraient ces nouvelles techniques chirurgicales. Ce transhumanisme rampant dont m'avait rebattu les oreilles ma chirurgienne :

– On n'ira pas à Stanford s'excuser. L'homme étant de moins en moins de ce monde. La nature qui l'entourait, objet de toutes ses analyses et objectivations, ne faisait plus corps avec lui. Il s'en croyait affranchi, émancipé, libre de toutes les violences. Il se trompait lourdement.

La toute-puissance du turbocapitalisme a ravagé les frontières du monde occidental, les États-nations et leurs administrations, les citoyens et leurs libres arbitres. Depuis Galilée, la science ne cesse d'avancer, certes, mais là, en l'espace de trente ans, le progrès scientifique s'est emballé, le trisomique qui a gagné la palme d'or à Cannes, il ne naîtrait pas aujourd'hui, je vous le garantis… Progrès scientifique, donc, favorisant l'émergence de prophètes agissant frénétiquement pour l'apparition d'un homme augmenté, mi-animal, mi-automate, ayant pour grand dessein une immortalité absurde, signe des plus grosses arnaques religieuses et totalitaires. Au même moment, le peuple, la masse, les pékins, les gueux, les manants, les variables d'ajustements, ce que vous voulez, mis en concurrence permanente, et ne voyant pas l'issue de tous les efforts qu'on leur demandait, font de l'anti-jeu en se rapprochant tout aussi immuablement de forces politiques réactionnaires. L'affrontement aura ainsi lieu entre ce transhumanisme et cet extrahumanisme. Des hommes implantés, prothésés, bodybuildés, viagraés, transcutanés contre des hommes illuminés, irrationnels, possédés, superstitieux… L'ensemble émergeant progressivement d'utérus artificiels. Le permafrost peut bien fondre…

– J'allais le dire.

Bref, « le peuple était mort ».

Qu'il aille se faire enterrer.

J'achèterai le cercueil.

Je devais donner un concert le soir même dans une station balnéaire normande, pour mettre du beurre où je voulais, comme simple *piano man*. Profitant d'une large avance sur l'horaire, je marchais sur la plage (plus tard, si j'en ai le temps, j'irai fleurir quelques tombes familiales dans la région). Le vent battait sur ma tempe, pénétrant mon oreille dans un exécrable *mi* majeur. J'interrogeais l'eau. Je voulais être bon. Je passais devant un club Mickey pitoyable. La pensée de la Vierge noire me venait à nouveau. Ceux qui voudraient évoluer allaient remplacer ceux qui refuseraient de le faire. Mais qui fixera la norme : les politiques, les scientifiques, les financiers ? Certainement pas les pianistes.

« *L'idée de Progrès est devenue pour l'immense majorité des citoyens synonyme de régression. Tous les effets bénéfiques qu'on lui accordait il y a encore de cela cinquante ans sont désormais considérés comme des indices de décadence. On retrouve là tout le paradoxe du* "pharmakon" *évoqué par Platon : ce remède qui finit poison.* »

La sirène du premier mercredi de chaque mois (dite « sirène d'alerte aux populations ») sonnait, quelque peu épuisée. Il était midi. Cette preuve de la République éternelle, increvable, était encore là. J'étais rassuré. Je frôlais les murs du casino local. J'y entendais une voix entonner «J'ai encore rêvé d'elle» du groupe Il était une fois. En jetant un œil, j'y observais une pianiste en bikini. Est-elle la *piano girl* du lieu ? Ou une cliente talentueuse ? Je ne le saurai jamais.

Autour de la place faisant face à l'établissement ludique où trônait une statue décapitée de Marcel Proust (encore lui), des SUV se mettaient en warnings pour permettre à leurs conducteurs d'aller faire leurs besoins dans les orties poussiéreuses.

Je continuais ma déambulation et voyais apparaître au loin une scène confuse. Un bateau semblait échoué sur le sable, entouré d'une masse immobile qui, dans un premier temps, faisait penser à une purée d'algues.

Je restais à distance. Je n'allais pas risquer de perdre mes phalanges dans la Bérézina. Même dans une opération sous faux drapeau. J'attendrais mon tour en regardant les hommes se fracasser. Le vent avait tourné. Les plages n'étaient plus assez longues. Ici, tout le monde dormait, mais personne ne semblait rêver. Il n'y avait qu'un bruit sous la clarté d'orage : les rires d'esclaves suintaient l'orgueil de ceux qui n'ont plus rien à perdre. Des femmes en cage. Ni Syriens, ni Libyens, ni Éthiopiens… Des esclaves. Je faisais des ricochets. Des bénévoles recouvraient de goudron fondu (de celui que l'on inhale, inquiet) des macchabées qui avaient conservé l'expression dans laquelle la mort les avait suspendus : souriants, effrayés, songeurs...

Une vieillarde, au visage en papier mâché, médius brandi au ciel mordoré, hurlait sur la promenade, d'un dégoût hilare : « Vous êtes des touristes ! » Des enfants visaient des mouettes avec des galets. Ils ressemblaient à ces enfants d'un précédent mariage, colériques et précocement stupides. « Avez-vous regardé l'horizon récemment, bande de p'tits cons ? »

Plus tard, sous l'oppression d'obèses cumulus, un corps gisait sur la plage. Un sac aussi. L'on y trouvait un téléphone portable, une montre en acier, trois briquets, un couteau multifonction, une pince Facom, deux paquets de mouchoirs en papier, une écharpe peluchée, une paire de chaussures à crampons, un bonnet noir, un manteau bleu foncé, un t-shirt noir, un pull-over gris, quatre pièces de 10 centimes, une pièce de 5 centimes, deux pièces de 2 centimes, deux pièces de 1 centime, 24 tickets RATP et une petite Bible, avec une page cornée où l'on pouvait lire ce passage surligné (Genèse XI) :

« *Toute la terre avait une seule langue et les mêmes mots. Comme ils étaient partis de l'orient, ils trouvèrent une plaine au pays de Schinéar, et ils y habitèrent. Ils se dirent l'un à l'autre : Allons ! Faisons des briques, et cuisons-les au feu. Et la brique leur servit de pierre, et le bitume leur servit de ciment. Ils dirent encore : Allons ! Bâtissons-nous une ville et une tour dont le sommet touche au ciel, et faisons-nous un nom, afin que nous ne soyons pas dispersés sur la face de toute la terre. L'Éternel descendit pour voir la ville et la tour que bâtissaient les fils des hommes. Et l'Éternel dit : Voici, ils forment un seul peuple et ont tous une même langue, et c'est là ce qu'ils ont entrepris ; maintenant rien ne les empêcherait de faire tout ce qu'ils auraient projeté. Allons ! Descendons, et là confondons leur langage, afin qu'ils n'entendent plus la langue, les uns des autres. Et l'Éternel les dispersa loin de là sur la face de toute la terre ; et ils cessèrent de bâtir la ville. C'est pourquoi on l'appela du nom de Babel, car c'est là que l'Éternel confondit le langage de toute la terre, et c'est de là que l'Éternel les dispersa sur la face de toute la terre.* »

Retour

Notre deuxième rencontre dans la même brasserie fut brève et assez désagréable, je dois l'admettre, perturbée, à quelques tables de la nôtre, par les pleurs insupportables d'une femme que l'on quittait. Je pensais alors à ce que j'avais gagné ou perdu. Elle apparut avec le teint élégant, de ceux qui trahissent une nuit blanche.

– Qu'en avez-vous pensé ?

– J'aurais préféré qu'il me contacte directement… Comment avez-vous eu accès à ce manuscrit ?

– C'est votre père, lui-même, qui me l'a envoyé.

– Il est où ?

– Je ne sais pas, il ne dit rien.

– C'est vous, Éléonore ?

– Je m'appelle Éléonore, mais…

– (*l'interrompant*) Et pourquoi il organise tout cela ?

– C'est un livre qu'il a écrit pour vous, pour que vous connaissiez sa vie.

– Et donc, vous êtes ma mère ?

– Il veut, de là où il est, continuer à s'amuser. Prenez ça comme un jeu.

– Quel con.

– Il y aura une dernière rencontre pour boucler la boucle… Passez chez moi demain, je vous donnerai la partition…

– Mais, il ne l'a pas brûlée ?

– Vous savez, entre ce qu'il a écrit et ce qu'il a fait… Voici mon adresse. À demain.

– Qui sait ?

On ira en Inde un autre jour

Elle rentre chez elle, soulagée.

Elle se met au piano et retranscrit, de mémoire, la partition qu'elle avait brûlée, il y a maintenant plus de vingt ans.

Elle fait du document ainsi relevé un courrier pour sa fille, qu'elle dispose en évidence sur son bureau. Sur l'enveloppe, elle inscrit : «*Avec ça, tu auras tout l'amour du monde.*»

Qu'elle soit seule.

Sa joue la gratte…

Avec ce que ça lui a coûté.

Elle se poste devant le petit *cheval glass* de sa salle de bains.

Elle ne supporte plus son sourire.

Ce n'est plus l'idée de l'amour qui la fait avancer, mais celle de la mort.

Elle se démaquille, prend son rasoir puis le repose, tout en sifflotant ce concerto pour harpe en *fa* majeur signé Krumpholtz qui lui rappelle tant cette sublime tante à l'odeur fardée, à qui elle ressemble désormais de plus en plus. Les notes, ces phénomènes ondulatoires qui sont leurs propres buts, l'accompagneraient jusqu'au bout.

Puis, après avoir entrouvert la porte d'entrée, elle se dirige dans sa chambre, s'introduit dans son lit, et met son monocle en souvenir de sa débonnaire brillance.

Du même auteur

Anthologie des bourdes et autres curiosités de la chanson française, La Tengo, 2014 (première édition)

Anthologie des méchants et autres salauds du cinéma français, La Tengo, 2015

La femme est une dandy comme les autres, Pauvert, 2018

La Bibliothèque impossible, La Tengo, 2020

Anthologie des bourdes et autres curiosités de la chanson française, La Tengo, 2022 (édition augmentée)

MIXTE
Papier | Pour une gestion forestière responsable
FSC® C108412

IMPRIM'VERT®

Imprimé en France par CPI Firmin-Didot
en novembre 2024
N° d'impression : 182092
Dépôt légal : janvier 2025